借火集

徐訏文集

新詩卷

導言　徬徨覺醒：徐訏的文學道路

陳智德

「個人的苦悶不安，徬徨無依之感，正如在大海狂濤中的小舟。」[1]

——徐訏〈新個性主義文藝與大眾文藝〉

在二十世紀四、五十年代之交，度過戰亂，再處身國共內戰意識形態對立夾縫之間的作家，應自覺到一個時代的轉折在等候著，尤其在當時主流的左翼文壇以外，被視為「自由主義作家」或「小資產階級作家」的一群，包括沈從文、蕭乾、梁實秋、張愛玲、徐訏等等，一整代人在政治旋渦以至個人處境的去與留之間徘徊，最終作出各種自願或不由自主的抉擇。

1 徐訏〈新個性主義文藝與大眾文藝〉，收錄於《現代中國文學過眼錄》，台北：時報文化，一九九一。

一

一九四六年八月，徐訏結束接近兩年間《掃蕩報》駐美特派員的工作，從美國返回中國，直至一九五〇年中離開上海奔赴香港，在這接近四年的歲月中，他雖然沒有寫出像《鬼戀》和《風蕭蕭》這樣轟動一時的作品，卻是他整理和再版個人著作的豐收期，他首先把《風蕭蕭》交給由劉以鬯及其兄長新近創辦起來的懷正文化社出版，據劉以鬯回憶，該書出版後，「相當暢銷，不足一年，（從一九四六年十月一日到一九四七年九月一日），印了三版」[2]，其後再由懷正文化社或夜窗書屋初版或再版了《阿刺伯海的女神》（一九四六年初版）、《煙圈》（一九四六年初版）、《蛇衣集》（一九四八年初版）、《幻覺》（一九四八年初版）、《四十詩綜》（一九四八年初版）、《兄弟》（一九四七年再版）、《母親的肖像》（一九四七年再版）、《生與死》（一九四七年再版）、《春韮集》（一九四七年再版）、《一家》（一九四七年再版）、《海外的鱗爪》（一九四七年再版）、《舊神》（一九四七年再版）、《成人的童話》（一九四七年再版）、《西流集》（一九四七年再版）、潮來的時候（一九四八年再版）、《黃浦江頭的夜月》（一九四八年再版）、《吉布賽的誘惑》（一九四九再版）、《婚事》（一九四九年再版），[3]粗略統計從一九四六年至一九四九年這三年間，徐訏在上海出版和再版的著作達三十多種，成果

2 劉以鬯〈憶徐訏〉，收錄於《徐訏紀念文集》，香港：香港浸會學院中國語文學會，一九八一。

3 以上各書之初版及再版年份資料是據賈植芳、俞元桂主編《中國現代文學總書目》、北京圖書館編《民國時期總書目，一九一一－一九四九》。

可算豐盛。

《風蕭蕭》早於一九四三年在重慶《掃蕩報》連載時已深受讀者歡迎，一九四六年首次結集成單行本出版，沈寂的回憶提及當時讀者對這書的期待：「這部長篇在內地早已是暢銷　時的名著，可是淪陷區的讀者還是難得一見，也是早已企盼的文學作品」[4]，當劉以鬯及其兄長創辦懷正文化社，就以《風蕭蕭》為首部出版物，十分重視這書，該社創辦時發給同業的信上，即頗為詳細地介紹《風蕭蕭》，作為重點出版物。徐訏有一段時期寄住在懷正文化社的宿舍，與社內職員及其他作家過從甚密，直至一九四八年間，國共內戰愈轉劇烈，幣值急跌，金融陷於崩潰，不單懷正文化社結束業務，其他出版社也無法生存，徐訏這階段整理和再版個人著作的工作，無法避免遭遇現實上的挫折。

然而更內在的打擊是一九四八至四九年間，主流左翼文論對被視為「自由主義作家」或「小資產階級作家」的批判，一九四八年三月，郭沫若在香港出版的《大眾文藝叢刊》第一輯發表〈斥反動文藝〉，把他心目中的「反動作家」分為「紅黃藍白黑」五種逐一批判，點名批評了沈從文、蕭乾和朱光潛。該刊同期另有邵荃麟〈對於當前文藝運動的意見——檢討．批判．和今後的方向〉一文重申對知識份子更嚴厲的要求，包括「思想改造」。雖然徐訏不像沈從文般受到即時的打擊，但也逐漸意識到主流文壇已難以容納他，如沈寂所言：「自後，上海一些左傾的報紙開始對他批評。他無動於衷，直至解放，輿論對他公開指責。稱《風蕭蕭》歌頌特務。他也不辯論，知道自己不可能再在上海逗留，上海也不會再允許他曾從事一輩子的寫作，就捨別妻女，

4 沈寂〈百年人生風雨路——記徐訏〉，收錄於《徐訏先生誕辰100週年紀念文選》，上海：上海社會科學院出版社，二〇〇八。

離開上海到香港。」[5]一九四九年五月二十七日，解放軍攻克上海，中共成立新的上海市人民政府，徐訏仍留在上海，差不多一年後，終於不得不結束這階段的工作，在不自願的情況下離開，從此一去不返。

二

一九五〇年的五、六月間，徐訏離開上海來到香港。由於內地政局的變化，其時香港聚集了大批從內地到港的作家，他們最初都以香港為暫居地，但隨著兩岸局勢進一步變化，他們大部份最終定居香港。另一方面，美蘇兩大陣營冷戰局勢下的意識形態對壘，造就五十年代香港文化刊物興盛的局面，內地作家亦得以繼續在香港發表作品。徐訏的寫作以小說和新詩為主，來港後亦寫作了大量雜文和文藝評論，五十年代中期，他以「東方既白」為筆名，在香港《祖國月刊》及台灣《自由中國》等雜誌發表〈從毛澤東的沁園春說起〉、〈新個性主義文藝與大眾文藝〉、〈在陰黯矛盾中演變的大陸文藝〉等評論文章，部份收錄於《在文藝思想與文化政策中》、《回到個人主義與自由主義》及《現代中國文學過眼錄》等書中。

徐訏在這系列文章中，回顧也提出左翼文論的不足，特別對左翼文論的「黨性」提出質疑，也不同意左翼文論要求知識份子作思想改造。這系列文章在某程度上，可說回應了一九四八、四九年間中國大陸左翼文論的泛政治化觀點，更重要的，是徐訏在多篇文章中，以自由主義文藝的

5 沈寂〈百年人生風雨路——記徐訏〉，收錄於《徐訏先生誕辰100週年紀念文選》，上海：上海社會科學院出版社，二〇〇八。

觀念為基礎，提出「新個性主義文藝」作為他所期許的文學理念，他說：「新個性主義文藝必須在文藝絕對自由中提倡，要作家看重自己的工作，對自己的人格尊嚴有覺醒而不願為任何力量做奴隸的意識中生長。」[6]徐訏文藝生命的本質是小說家、詩人，理論鋪陳本不是他強項，然而經歷時代的洗禮，他也竭力整理各種思想，最終仍見頗為完整而具體地，提出獨立的文學理念，尤其把這系列文章放諸冷戰時期左右翼意識形態對立、作家的獨立尊嚴飽受侵蝕的時代，更見徐訏提出的「新個性主義文藝」所倡導的獨立、自主和覺醒的可貴，以及其得來不易。

《現代中國文學過眼錄》一書除了選錄五十年代中期發表的文藝評論，包括《在文藝思想與文化政策中》和《回到個人主義與自由主義》二書中的文章，也收錄一輯相信是他七十年代寫成的回顧五四運動以來新文學發展的文章，集中在思想方面提出討論，題為「現代中國文學的課題」，多篇文章的論述重心，正如王宏志所論，是「否定政治對文學的干預」[7]，而當中表面上是「非政治」的文學史論述，「實質上具備了非常重大的政治意義：它們否定了大陸的文學史論述」[8]，徐訏所針對的是五十年代至文革期間中國大陸所出版的文學史當中的泛政治論述，動輒以「反動」、「唯心」、「毒草」、「逆流」等字眼來形容不符合政治要求的作家；所以王宏志最後提出《現代中國文學過眼錄》一書的「非政治論述」，實際上「包括了多麼強烈的政治含義」。這政治含義，其實也就是徐訏對時代主潮的回應，以「新個性主義文藝」所倡導的獨立、

6 徐訏〈新個性主義文藝與大眾文藝〉，收錄於《現代中國文學過眼錄》，台北：時報文化，一九九一。

7 王宏志〈心造的幻影——談徐訏的《現代中國文學的課題》〉，收錄於《歷史的偶然：從香港看中國現代文學史》，香港：牛津大學出版社，一九九七。

8 同前註。

自主和覺醒，抗衡時代主潮對作家的矮化和宰制。

《現代中國文學過眼錄》一書顯出徐訏獨立的知識份子品格，然而正由於徐訏對政治和文藝的清醒，使他不願附和於任何潮流和風尚，難免於孤寂苦悶，亦使我們從另一角度了解徐訏文學作品中常常流露的落寞之情，並不僅是一種文人性質的愁思，而更由於他的清醒和拒絕附和。一九五七年，徐訏在香港《祖國月刊》發表〈自由主義與文藝的自由〉一文，除了文藝評論上的觀點，文中亦表達了一點個人感受：「個人的苦悶不安，徬徨無依之感，正如在大海狂濤中的小舟。」[9]放諸五十年代的文化環境而觀，這不單是一種「個人的苦悶」，更是五十年代一輩南來香港者的集體處境，一種時代的苦悶。

三

徐訏到香港後繼續創作，從五十至七十年代末，他在香港的《星島日報》、《星島週報》、《祖國月刊》、《今日世界》、《文藝新潮》、《熱風》、《筆端》、《七藝》、《新生晚報》、《明報月刊》等刊物發表大量作品，包括新詩、小說、散文隨筆和評論，並先後結集為單行本，著者如《江湖行》、《盲戀》、《時與光》、《悲慘的世紀》等。香港時期的徐訏也有多部小說改編為電影，包括《風蕭蕭》（屠光啟導演、編劇，香港：邵氏公司，一九五四）、《傳統》（唐煌導演、徐訏編劇，香港：亞洲影業有限公司，一九五五）、《痴心井》（唐煌導演、

9 徐訏〈自由主義與文藝的自由〉，收錄於《個人的覺醒與民主自由》，台北：傳記文學出版社，一九七九。

王植波編劇，香港：邵氏公司，一九五五）、《鬼戀》（屠光啟導演、編劇，香港：麗都影片公司，一九五六）、《盲戀》（易文導演、徐訏編劇，香港：新華影業公司，一九五六）、《後門》（李翰祥導演、王月汀編劇，香港：邵氏公司，一九六〇）、《江湖行》（張曾澤導演、倪匡編劇，香港：邵氏公司，一九七三）、《人約黃昏》（改編自《鬼戀》，陳逸飛導演、王仲儒編劇，香港：思遠影業公司，一九九六）等。

徐訏早期作品富浪漫傳奇色彩，善於刻劃人物心理，如〈鬼戀〉、〈吉布賽的誘惑〉、〈精神病患者的悲歌〉等，五十年代以後的香港時期作品，部份延續上海時期風格，如《江湖行》、《後門》、《盲戀》，貫徹他早年的風格，另一部份作品則表達歷經離散的南來者的鄉愁和文化差異，如小說《過客》、詩集《時間的去處》和《原野的呼聲》等。

從徐訏香港時期的作品不難讀出，徐訏的苦悶除了性格上的孤高，更在於內地文化特質的堅守，拒絕被「香港化」。在《鳥語》、《過客》和《癡心井》等小說的南來者角色眼中，香港不單是一塊異質的土地，也是一片理想的墓場、一切失意的觸媒。一九五〇年的《鳥語》以「失語」道出一個流落香港的上海文化人的「雙重失落」，而在《癡心井》的終末則提出香港作為上海的重像，形似卻已毫無意義。徐訏拒絕被「香港化」的心志更具體見於一九五八年的《過客》，自我關閉的王逸心以選擇性的「失語」保存他的上海性，一種不見容於當世的孤高，既使他與現實格格不入，卻是他保存自我不失的唯一途徑。[10]

徐訏寫於一九五三年的〈原野的理想〉一詩，寫青年時代對理想的追尋，以及五十年代從上

[10] 參陳智德《解體我城：香港文學1950-2005》，香港：花千樹出版有限公司，二〇〇九。

海「流落」到香港後的理想幻滅之感：

多年來我各處漂泊，
唯願把血汗化為愛情，
遍灑在貧瘠的大地，
孕育出燦爛的生命。

但如今我流落在污穢的鬧市，
陽光裡飛揚著灰塵，
垃圾混合著純潔的泥土，
花不再鮮豔，草不再青。

海水裡漂浮著死屍，
山谷中蕩漾著酒肉的臭腥，
潺潺的溪流都是怨艾，
多少的鳥語也不帶歡欣。

茶座上是庸俗的笑語，

市上傳聞著漲落的黃金，
戲院裡都是低級的影片，
街頭擁擠著廉價的愛情。

此地已無原野的理想，
醉城裡我為何獨醒，
三更後萬家的燈火已滅，
何人在留意月兒的光明。

「原野的理想」代表過去在內地的文化價值，在作者如今流落的「污穢的鬧市」中完全落空，面對的不單是現實上的困局，更是觀念上的困局。這首詩不單純是一種個人抒情，更哀悼一代人的理想失落，筆調沉重。〈原野的理想〉一詩寫於一九五三年，其時徐訏從上海到香港三年，由於上海和香港的文化差距，使他無法適應，但正如同時代大量從內地到香港的人一樣，他從暫居而最終定居香港，終生未再踏足家鄉。

四

司馬長風在《中國新文學史》中指徐訏的詩「與新月派極為接近」，並以此而得到司馬長風的正面評價，[11]徐訏早年的詩歌，包括結集為《四十詩綜》的五部詩集，形式大多是四句一節，隔句押韻，一九五八年出版的《時間的去處》，收錄他移居香港後的詩作，形式上變化不大，仍然大多是四句一節，隔句押韻，大概延續新月派的格律化形式，使徐訏能與消逝的歲月多一分聯繫，該形式與他所懷念的故鄉，同樣作為記憶的一部份，而不忍割捨。

在形式以外，《時間的去處》更可觀的，是詩集中〈原野的理想〉、〈記憶裡的過去〉、〈時間的去處〉等詩流露對香港的厭倦、對理想的幻滅、對時局的憤怒，很能代表五十年代一輩南來者的心境，當中的關鍵在於徐訏寫出時空錯置的矛盾。對現實疏離，形同放棄，皆因被投放於錯誤的時空，卻造就出《時間的去處》這樣近乎形而上地談論著厭倦和幻滅的詩集。

六七十年代以後，徐訏的詩歌形式部份仍舊，卻有更多轉用自由詩的形式，不再四句一節，隔句押韻，這是否表示他從懷鄉的情結走出？相比他早年作品，徐訏六七十年代以後的詩作更精細地表現哲思，如《原野的理想》中的〈久坐〉、〈等待〉和〈觀望中的迷失〉、〈變幻中的蛻變〉等詩，嘗試思考超越的課題，亦由此引向詩歌本身所造就的超越。另一種哲思，則思考社會和時局的幻變，《原野的理想》中的〈小島〉、〈擁擠著的群像〉以及一九七九年以「任子楚」

[11] 司馬長風《中國新文學史（下卷）》，香港：昭明出版社，一九七八。

為筆名發表的〈無題的問句〉，時而抽離、時而質問，以至向自我的內在挖掘，尋求回應外在世界的方向，尋求時代的真象，因清醒而絕望，卻不放棄掙扎，最終引向的也是詩歌本身所造就的超越。

最後，我想再次引用徐訏在《現代中國文學過眼錄》中的一段：「新個性主義文藝必須在文藝絕對自由中提倡，要作家看重自己的工作，對自己的人格尊嚴有覺醒而不願為任何力量做奴隸的意識中生長。」[12]時代的轉折教徐訏身不由己地流離，歷經苦思、掙扎和持續的創作，最終以倡導獨立自主和覺醒的呼聲，回應也抗衡時代主潮對作家的矮化和宰制，可說從時代的轉折中尋回自主的位置，其所達致的超越，與〈變幻中的蛻變〉、〈小島〉、〈無題的問句〉等詩歌的高度同等。

＊陳智德：筆名陳滅，一九六九年香港出生，台灣東海大學中文系畢業，香港嶺南大學哲學碩士及博士，現任香港教育學院文學及文化學系助理教授，著有《解體我城：香港文學1950-2005》、《地文誌——追憶香港地方與文學》、《抗世詩話》以及詩集《市場，去死吧》、《低保真》等。

[12] 徐訏〈新個性主義文藝與大眾文藝〉，收錄於《現代中國文學過眼錄》，台北：時報文化，一九九一。

目次

導言　徬徨覺醒：徐訏的文學道路／陳智德　I
嘀嘟　001
錢塘江畔的挑夫　003
借火　005
別把池岸弄暗　007
失題　009
深夜在街頭　011
寂寞　013
一句話　015

拉縴夫 017
吃月餅有感 019
女子的手指 021
早 023
尋雨 025
失眠 027
低訴 029
鄉思 031
春 033
賣硬米餑餑的 035
日記 038
今年的新年 041
漫走 044
戰後 046
骨頭 048
你的笑 050

期待 052
火車上 054
十四行 056
今夜的夢 058
愉快的臉 060
訪王三娘 061
天涯地角 065
匆忙 067
老漁夫 069
女子的笑渦 071
秋月 073
光明 075
希奇的聲音 077
孤女的話 080
希望 082
北海九龍壁 084

冬夜歸途 087
人像 089
私語 091
舊帳 093
英雄墓前 095
別意 097
幻遊 099
獻旗 101
奠歌 103
心的跋涉 106
過年 108
戰剩的情緒 110
紫禁城 112
一百個醫生 114
睡歌 116
懷念 118

路 120
幻想 122
自慟 124
乾杯的歌 126
萬佛節 130
熱病 132
河上 134
凋疲 136
劫 138
田野間 140
尋(一) 142
秋在上海 144
退化了的一種笑 146
咒唸 148
手史 150
嘮叨 152

似乎 154
池邊 156
重到江南 158
我是一隻愛光的蛾 160
傍晚 162
感 164
碑銘 166
重會 168
約後 170
銀色的詩 172
過年 177
湖山 179
希奇 181
一個夢 183
我 185
問答 187

玄妙 189
贈別 191
留 193
會 196
閑愁 200
雪夜 202
悽涼 204
紙條 206
一次默默 208
夢 210
這裡 212
搗得粉碎 214
望 216
床上 218
一件事 220
傻子 222

後悔 224
醒 226
小詩 228
漫遊 229
江上 231
秋草裡的秋蟲 233
點滴 235
受傷 237
霧 239
一躍 241
幼稚的問句 243
秋水 245
經過 246
島上 248
夜的神祕 250
補失句 252

雲 254
伴相曲 255
擾亂 258
尋(二) 262
忘掉 265
甲板上 270
抖 271

嘀嘟

到底是誰在那裡嘀嘟？
把事情弄得這樣嚕囌！
宇宙確已十分模糊，
可聽見我在這裡叫苦？

請別搖那煩惱的船櫓，
這聲音實在太悽楚，
哪兒尋不到一條水路？
而你偏要在這兒過渡！

別以為沒有葦，沒有蘆，
剎那間會彌漫開大霧，

那時你要探問路途，
你就要靠你的耳鼓。

到底為何在那裡嘀嘟？
把事情弄得這樣嚕囌，
假如你的耳鼓並不模糊，
那該聽到我在這裡叫苦。

一九三四。上海。

錢塘江畔的挑夫

「先生你這只四尺長二尺高的籃，
我為你挑過江只要十個銅板。」
他鞋夠多少破，衣裳夠多少褸襤，
但他有條堅韌的繩同光潤的扁擔。

他身上壓著百斤的重擔，
要過那九寸三分寬的跳板，
夏天裡他要拭著汗嘆！
冬天裡他要呵著手顫！

越著江他來回地搬，
別人的箱籠、鋪蓋同笨重的籃，

他們每天是這樣的忙煩，
只為賺五個十個銅板。

等天色已經深晚，
他才回到破舊的門檻，
「娘，這裡是一百六十五個銅板，
夠不夠明天買米煮飯？」

一九三四，一，一六。上海。

借火

因為在路上拾得一支歌，
沉重得不能過河，
所以我會走錯路途，
闖進了你的野窠。

為夜色已經很厚，
我問你借個燈火，
你指東南的天際，
說月亮正送火到山坡。

但等我走到時候，
月兒早已登上雲頭，

它在雲霄裡微笑，
告訴我西北的天際有星斗。

於是我又闖到海口，
但星斗在那裡發抖，
說多少火光被流螢偷走，
所以他們自己都帶著憂愁。

但是夜色儘管很厚，
終沒有尋出半點螢火，
於是我就歇在草上，
唱我古舊寂寞的夜歌。

但是這支歌喚來了鬼火，
叫我不要在霜下多坐，
它引導我緩緩地走，
終於走進了黝黑的墳墓！

一九三四。上海。

別把池岸弄暗

荷葉上是何人的淚？
請別將荷葉弄碎！
因為愛荷的人兒就要歸，
要問弄碎荷葉的是誰？

那時池中的蓮花已睡，
倦了的游魚也無意戲水，
只有我在那池邊徘徊，
誰？　隔岸像有人在偷窺。

有柳絲在岸邊輕揮，
像微風有意在掃月兒的光輝。

請別，別把那池岸弄暗，
因為我們是約在月明時候相會。

一九三四，上海。

失題

在這靜寂的良夜我不敢歌唱，
因為怕驚動梅花裡凍僵的花蕊，
還有那老松的小針跳落池塘，
要把池塘裡的月影弄碎。

並不是為在夜裡貪看月光，
我只是想在墓裡尋求消失的美，
但我也並沒有在泥土中探訪，
我只在荒草上面假睡。

有一二朵野雲在山峰前奔忙，
載走了月光給山色的嬌美，

幸虧是地土上浮著一層薄霜，
告訴我剩留在墓裡的光輝。
這時，我心像破廟裡的神像，
三分莊嚴裡，二分是悽涼！

一九三四，一，二七。上海。

深夜在街頭

街燈有點意外的模糊，
樹影兒更顯出黯淡，
黑天的星兒疏朗得可數，
我把我腳步特別放慢。

夜賣聲顯得這樣清楚，
我心頭浮著三分疲懶，
風來時有一聲咽嗚，
告訴我春意已經闌珊！

有誰在詢問道路？
有誰在冷角上打寒顫？

還是誰在黃昏時候迷途，
等這深夜時候來長嘆？

我要尋著他來對他細訴，
我心緒是這樣麻煩！
我並非想為倦腿找息處，
只因為胸中有話在泛濫。

前面可是我熟識的腳步？
我希望它多有兩成緩慢，
讓我趕完這一段路途，
追他同到燈明處去閑談。

一九三四，三，二九，深夜。

寂寞

我死了，但並不是病死，
也不是自己要死，
更不是被人逼死，
我只是糊糊塗塗地死！

我需要蚊蟲來刺，
我願做最卑賤的事，
我願整天為你們衣冠吐絲，
我願日夜為你們心靈寫詩。

然而月亮對我不肯俯視，
太陽的冷熱對我也不關事，

萬千的人們把我當做遊絲，
連病魔也不給我一點諷刺！

所以，在我孤獨空虛的
屍前我什麼都不要，
我只要一隻狗遙遠地注視著
我屍身，不住時狂叫！

一九三四。上海。

一句話

我心靈感到異樣的沉重，
因為我有句未說出的話。
窗櫺上掛著南來的風，
有春雨在庭院裡輕灑。
——二十年來只有那株樹開花，
我想今天也不會有什麼變化。

倒是窗外的步聲使我心頭怔忡，
因為我想知道那陌生的腳底，
是否帶著我故土的泥沙？
在泥沙上我要知道故土的耕種，
靠那荊棘編成的短籬，
豆棚架上可延上了南瓜？

我要留那窗外的腳步稍慢移動，
聽我心頭一句未說出的話，
可是我能說出什麼呢？
除了我心底有點沉重。
——但這，並非為我
想念故鄉手植的南瓜，
是二十年前的架下，
我有句悶在我心底的話。

一九三四，四，二九，晨。上海。

拉縴夫

深沉地呼吸著，
他有顆堅定的頭顱，
兩眼死釘住地平線，
跨著等速的速度。

他擺著鐵鑄一般的腿，
永遠與地面成四十五度，
他並不計算路程，
只是走那前面該走的路途。

他毫不管天時，一清早就開始，
逆著風，逆著雨，也逆著霧，

也逆著汗的流，鼻涕的流，
為那笨重的木船趕那逆流的路途。

直把船拉到以後，
他在酒店前方才停步：
「這裡是九角六個銅元，
我要飯一盂，菜二盤，酒三壺。」

一九三四，一，一六。上海。

吃月餅有感

第一次大概是一點多，
第二次總是三點敲過，
颳風也好，下雪也好，
但他總不會有什麼大錯。

起初我看著錶計算他到來，
後來我想對準錶要靠他的來。
在寂寞的深夜，他是唯一的好友，
所以沒有餓，我也夜夜期待。

「你不抽大煙，也不打牌，
你又沒有七歲八歲的小孩，

先生，你一個兒到底在幹麼，
天天這樣晚來買我餑餑。」

這以後我們就夜夜開始閑談，
談起勁兒時，也喝過幾次白乾。
自從有一天我等他到五更還不來，
此後就不知道他是否還存在？

這樣，我就度了一年的寂寞，
也打聽過這老頭到底在哪裡摸索？
雖然我後來得到了他的死訊，
可是我終不知道他死於什麼病。

如今，我也早離開古廟前的槐樹，
誰還能告我這老頭兒墳墓的在處？
在這雨瀟瀟的秋夜我吃不下月餅，
因為這裡面藏有硬米餑餑的聲音。

一九三四。上海。

女子的手指

以前男女的手指都是一樣，
禽獸來襲時互助著築牆，
秋到時割稻，春到時種秧，
男人拿櫓時，她也拿著槳。

後來天下的事情慢慢變繁，
於是男子耕田時，她們煮飯，
男子捕魚時，她們結網編籃，
男子防潮時，該洗泥污的衣衫。

但是如今女子們的手指，
像一支嬌嫩的蔥，像一縷絲，

像一根帶雪花的柳枝，
只等金銀寶石的戒指。

更像那芙蓉花的蓓蕾，
牡丹與玫瑰的花蕊，
打扮得無限芬芳嬌美，
每天等蜂蝶們來吹。

一九三四。上海。

旱

牛兒們都無事可做，
但還需要草去餵它餓。
他們本在這條河洗澡，
可是現在反在那裡吃草！

莫老老的西瓜都無車來載，
一個換十個銅板也沒有人買，
口渴時還是來喝西瓜汁，
可是喝著它像喝自己的血。

為了耗子在門板上跳，
老頭兒三番四番睡不好覺，

「兒！是雷，快出去看看，
黑雲兒在西北還是東南？」

苦度那難眠的長夜漫漫，
每天看星星兒凶狠的眼。
起初天天到關帝廟求雨，
可是現在是再也無路可去！

偏偏討租索稅的先生有話：
「你們到底是在幹麼？
半夏天沒有水車響，
你說說你們是懶到怎麼樣！」

一九三四，九，一六，晨。上海。

尋雨

我要到高山上去尋雨，
問那鬼明峰到底怎麼去？
他們沒有回答已經發疑，
熱烈的太陽下我為何穿雨衣？

山上剛剛走下來一位女子，
我問她山上可有些雨絲？
她笑：「你這個人的確有點迂，
炎灼的太陽下還要問雨！」

半山腰來了一個小孩，
我問他黑雲有否在山上安排？

他說：「你這個人真有三分瘋，
太陽的旁邊哪會有窟窿！」

我從彎曲的山道上去，
中途又同個樵夫相遇；
我問他：「山頂是否有雨意？」
他說：「有白雲在巖縫裡出氣。」

山頂上有隻奇異的鳥，
她對我含笑地叫，
她說：「你可否在峰上為我等雨，
讓我偷個懶暫時飛去？」

一九三四。上海。

失眠

起初是一次次「賽梨」的蘿蔔，
接著是沙喉嚨苦叫「硬米餑餑」，
於是我聽到蟋蟀在霜土下低哭，
枯枝上，烏鴉在寒窠裡抖索。

我讀了些最枯燥的書頁，
又從一數到百，從百倒數到一。
我需要一隻靈敏的手指，
把我上下沿的睫毛都打結。

我不知頭該怎麼樣安放，
手怎麼樣擺方才停當，

還有熱燥的身體，跳的心臟，
是不是都該留在擠不開的床上。

這樣我會疑心錶跳聲要打破機件，
要問那落葉是否染紅階面？
我還要推想那三更裡的殘月，
透照著那頤和園欄杆是幾曲？

一九三四，一二，二。上海。

低訴

為等待一封附近的來信，
我把行期再三耽誤，
於是旅程中想棄的心情，
染成了今夜的悲苦。

只因我有殘餘的傷心，
更感那初長的冬宵難度，
為捉握那失眠的光陰，
所以我把咖啡煮成藥一般的苦。

是那輕風夜遊的聲音，
把夜色弄成兩倍悽楚，

難道河裡正有舟行的人，
依賴那寒冷冬風幫助。

天空裡沒有一顆星，
去光照天河裡的夜櫓，
我似乎需要一個人影，
將我的心懷來低訴。

一九三四，一二，二。上海。

鄉思

雖然我再也想不起老家是怎樣？
但我總未忘當年的友朋，
那是窗外的兩隻花斑雞，
它啼起過我童年的甜夢。

可是這是多年的話，
如今要看雞只好到小菜場，
但小菜場的雞隻隻都是傻，
它們說不出我故鄉的短長。

所以自從我養大了那隻雞，
使我夜夜天未發白就醒，

我癡候那東方天際的晨曦，
靜待那樓梯下的雞鳴。

一九三四，一二，三〇。上海。

春

那一天，不知哪裡古寺的鐘聲
從聳天的山巔啟示了春，
敲醒了風，驚醒了流水與行雲。
霎時，人世間蒙上了迷人的輕煙，
那帶醉的月光也分外纏綿，
主使那梨花為它吐白點，
桃花為它吐紅點，
丁香為它著了魔，
香醒草間的綠意，
細雨因此平添了流水的漪漣。
於是春傳染到每塊泥土，
每一滴水，每一塊地田。
這時，在我們鄉下，

我知道春已經喚起草子花，
菜花會黃遍了田野，
豆花會香滿了竹架，
天空裡也會綴滿了柳絮，
歡迎燕子重回到舊識的人家。
於是牧童們要爭官司草，
姑娘們要為蠶桑勞，
農夫們要趕水，
那溝渠裡就有小魚兒鬧。
這樣，我眼看蛙聲就要起來，
蛙聲起來後春天就沒有多少。
所以無論春國裡有多少佳釀，
一杯酒總有一分是悽涼！

一九三五，五，十六，晨。上海。

賣硬米餑餑的

南街頭就是餛飩擔，
褲兒胡同前有燒餅攤，
只有這幾條漆黑的胡同，
我老頭兒可以來喊。

早上頭全胡同嚷著「杏兒茶」，
黃昏時分有「馬蹄兒」同「麻花」，
所以我只能在這個三更裡嚷：
「硬——米餑餑吶！」

改行的事情不用提多難，
我老頭兒只有做餑餑能耐！

還有，別的玩意兒隔夜就要壞，
倒是我這餑餑可以擱幾晚。

先生，說到我老頭兒的買賣，
還不是靠你先生賞臉，
倒是那井跟前的王老爺家，
房門裡隔些天就有爺兒們在打牌。

前些年買賣可真是兩樣，
哪一處不等耐「餑餑」的叫響，
胡同裡十家有八家的孩子，
沒有吃餑餑就睡不到天亮。

如今，哪一家不備洋點心，
馬路上都提著廣東鋪子的月餅，
你瞧瞧，先生，

這年頭叫我怎麼過活？
我家裡有五口子的性命！

一九三四，九，三，夜。上海。

日記

我記過母親的一個笑，
姐妹間的一些遊戲，
兒伴裡的種種曲調，
肥皂泡在空中飛揚的玩意。

我記過靠近我們的幾條水，
哪一條水有幾個彎，
也記過什麼地方有野莓，
在我們常到的幾座小山。

我也記過我認識的姑娘，
耳鬢間的幾色笑容，

以及那夜裡月光所帶來的惆悵，
籠罩牆角下的玫瑰花叢。

我還記過少年時的一些幻想，
書本裡一句兩句的名言，
以及秋聲裡的一種悽涼，
情愛上的各種纏綿。

我還記過哪一夜月色是多麼濃，
哪一年的春意是過早闌珊，
也記過那年十月一日的秋風，
打碎了庭前多少的花瓣。

也記過執政府前面的血痕，
北伐開展時的熱情，
以及以後次次戰士們死去的悲憤，
與戰鬥時的各種情境。

然而如今，我是早已衰老，
天天打算柴米油鹽酒醋薑，
在飢餓時候圖一個飽，
飽了以後，就沒有花樣。

「阿司匹靈，金雞納霜，
白菜兩斤；粗布一丈；
八個銅子豆腐；兩毛錢白糖！」
我日記早變成了流水帳！

一九三四，八，二六，夜十二時。

今年的新年

朋友，今年的新年，
你是否可以在茅屋的籬邊，
看到那往年必有的
桃紅色或深紅色的春聯。
你是否還可以在田舍邊，
尋出個兒童，
穿著花紅的新衣，
捂著耳朵，抬著頭看，
看那爆竹登上了雲天。
還有，在那霜白的田畦間，
你是否還可以看見：
有一二個穿乾淨衣服的農夫，
含著笑在採白菜韮菜，

去度那年初的小宴？
是否還有一副兩副的笑臉，
踱進那街盡頭的小店，
去買半斤酒或兩支煙？

我知道不的，今年的新年，
兒童們還要去砍柴，
老頭兒們要背著白菜進城賣，
村前後的姑娘也再不去小店，
去小店也只能買一兩個銅板的鹽。
我還可以知道今年的村角村頭，
再也不會聽見霍霍磨刀響，
他們不會再宰一隻鴨，一隻雞，
村上的祀神也不會用羔羊。
你看今年哪一家的堂前還有紅燈，
在歡迎舊識的燕子歸來？
他們自己親生的男孩女孩，

為兵災旱災水災去都市尋活，
都不知道現在是否存在！

朋友，新年也許在都市裡，
都市裡你可以看到
聖誕樹凋殘在路邊，
還有在黃浦江頭的和平神像前，
有冒著煙的外國軍艦，
奏那最風行的爵士樂，
從一九三四年度一九三五年。

一九三五，新年前夕。

漫走

山前山後飛滿了雲霞，
枯枝的上面有二三隻寒鴉。

為積雪在山道上消瘦，
我不敢再恣意地漫走，
但我也不敢向近處凝眸，
因為那炊煙升處絲絲是哀愁。

凝在天際有無數點斑，
像秋風捲去的白色花瓣，
但今年的冬風因何那麼懶，
會把它們遺留到這樣晚？

正新月登上了雲霄，
有漁船的燈火在綠水上浮漂；
她告我天邊的白斑是船帆在飄，
憑空的事情錯得太奧妙。

有白雲在空中遨遊，
所以空氣會濃得像酒；
帆後忽閃出前夜伴我失眠的朋友，
是那盡南天際的一顆明亮的星球。

它對我默默地招呼一下，
約我伴它到三更時分再同時回家。

一九三三。煙台。

戰後

這裡早已尋不出一隻鳥，
只有狼在枯骨叢裡叫嘯，
魚沉在死寂的河底，
如今也不敢抬頭來瞧。

焦黑色樹上像有女孩上吊，
猩紅色池邊像有人在跳，
殘垣裡爐竈久冷，
紡車與搖籃早沒有人搖！

黃昏後夜色塗遍了近郊，
我在荒野上不忍再遠眺！

可還有可期待的鐘聲，
在那朦朧處存留著的古廟？

附近的老樹上像有鴟鴞，
正對那新月在發獰笑，
我需一根薄韌的青草，
讓我在嘴裡厲聲地長嘯。

一九三四，五，一六。上海。

骨頭

為了尋前輩子自己的墳，
所以在那高高低低地方狂奔，
但是這樣已經尋了好幾年，
可還是一點沒有看見。

因為遠處的波浪像墳塋，
所以我會到水裡去尋，
但因此引起了你的可憐，
才把我拉到海灘上面。

你對我輕輕地哼著歌，
叫我為你掘一個墳墓，

但我還沒有掘到兩尺深，
你說：「裡面怎麼會已有屍身？」
我注視你的眼睛的表情，
心底浮起了三分高興；
但是我到底是有七分憂愁，
我怕這屍身會是我前世的骨頭。

一九三四。上海。

你的笑

我一點也沒有什麼病，
但剛舉步就不能走動，
我沒有喝過酒，也已經睡醒，
天也沒有雨，沒有霧，沒有風。

空氣溫和得像葡萄酒，
我衣履也像鴻毛般輕巧，
我尋不出走不動的理由，
只有我心頭重壓著你的笑。

所以，當你又重到我的面前，
我不敢再注視你的笑渦，

我將已載在我心頭的笑漣，
編成了一支能唱的歌。
這樣我把這歌低低的唱，
終於走出了那黝黑的村莊。

一九三四，四，三一。上海。

期待

我咧著紫銅色的嘴唇笑，
張著血染過的眼睛瞧，
我要知道世界到底有多少蹊蹺，
所以我把熱沸的心靈按得靜悄悄。

煙霧散處是綠色柳條，
柳條凋落時露了橋，
於是聽到蚯蚓在橋下叫，
還看見游魚在水裡跳。

春光裡怎麼有秋雨瀟瀟？
我知道這裡有三分奧妙！

為想知道世界上有什麼蹊蹺，
於是我大聲地四面喚叫。

野獸走過，家畜來了，
家畜走過，是飛鳥，
人影兒是多麼迢迢，
但我還是出神地叫。

一九三四，五，一八。上海。

火車上

幾個臉向東面的雲霓，
幾個臉望西邊的太陽，
幾個臉浮著急意，
幾個臉刻著惆悵。

有胖臉兒要探尋路燈，
有圓臉兒漂著悲苦，
那棕色的露著倦痕，
那蒼黃的染著灰土。

這邊瘦臉兒滿是憂愁，
那面老臉兒在打瞌盹，

還有前面皺臉兒的老婆婆，
嘮叨那家園的雞鴨還未進籠。

剎時，火車忽然喊出了一聲高唱，
那些不同的臉兒浮起同一個希望，
接著大家沉默地望著車窗，
車窗外移動著一個冷落的村莊。

一九三五。上海。

十四行

他從娘的肚爬到娘的乳峰，
他愛搖籃的震蕩，
他愛睡歌的低唱，
他呼吸在娘溫柔的懷中。

他愛在娘膝上享受那有韻的顫動，
他笑嘴裡含著糖，
把無意義的歌低唱，
他還要拉住娘的耳朵說一個夢。

如今，那五月破曉的光亮，
在雲懷裡，在山峰上閃搖，
他疑心就是他失掉了的生命。

如今，他對於當年的回想，
唱著無意義的歌，含著糖笑，
乃是那抓白天際破曉的光明。

一九三四，五，五。上海。

今夜的夢

假如今夜再進了夢，
我要騎著南來的風，
把月亮當做燈，
越那千里的重洋，
來敲你恬靜的心門；
我要在你的耳邊，
輕輕地緩緩地問：
在昨夜的夢中，
冒著黑暗飛近你的床，
你可曾知道？
為那時你睡意正濃，
我不敢唱帶給你的戀歌，
我只留了一個輕輕的吻；

但是你花瓣邊的刺，
刺破我被雨霧所溼的嘴唇，
於是我的血把你的潔白點紅。
今夜，
我來求你原諒，
因為昨宵不多久天就發亮，
在今夜的夢中，
可允許我吮掉我血染成的一點紅。

一九三四。上海。

愉快的臉

在你愉快的臉上，
我發現宇宙的神祕，
哲學上所有的問題；
我了解了音樂的真義，
解答了人生矛盾的癡謎；
我尋到忘掉了的詩意，
遺失了的情感，以及那
靈魂的波律，夢中的悽迷，
月光下燈火旁失眠的道理；
但是我證不出一個問題：
在這愉快的臉上我因何就愛你。

一九三四，上海。

訪王三娘

怎麼初夏時候沒有一片綠，
沒有一個人也沒有一隻牛？
在這樣時節，在這裡附近，
小河上總該有群鴨在游，
鴨後面總還有一個人，
用一支九尺竿駕一只三尺舟，
甚至還有興用一兩句驅鴨的歌，
騙渡頭上洗米姑娘的飛眸。

我低下頭，默默向前走，
回想當年的河岸，
那張阿嫂的笑容，
李三嬸的唾沫，

以及村前村後許多
烏油辮子的姑娘，
洗魚，洗米，洗菜，
或者洗花花的衣衫，
談笑聲中看太陽下山，
於是農夫們從田疇歸來，
在河岸洗他們泥手泥腳，
戲把河水濺她們的臉。
接著就有兒童們在岸邊釣魚唱歌。
或者釣泥蛙兒去餵雞鴨與鵝。
等月亮上來，星星兒嵌滿了天，
喧鬧聲就會填滿了小橋的四邊。

橋已經在我腳下，
不平的石階縫裡都是青苔，
河水上沒有一點污穢，
一片糠，或者一葉菜，
清瑩得更使我看孑然的自己，

使游魚起了無窮的驚異，
人影與它想已是暌隔了多年。

我抬著頭，默默向前走，
我期望從半倒的草籬，
出來一隻或兩隻小雞，
來稻場上拾一些草，
一尾蚯蚓，或者是一粒米，
可是屋瓦上的蓬草間，
有麻雀對我亂啼，
蝙蝠從煙囪裡飛出來，
使我驟感到一陣新稻米的晚香。
籬邊滿是一種黃昏惆悵，
我只見蜘蛛在新網上尋糧，
於是我回頭，默默地走，
假裝著從容，
把眼睛望著西沉的太陽，
勉強用手帕背著籬落亂揚，

是晚鴉給我一陣回響，
但我說：「再會了王三娘！
是的，你放心，我也會告訴
母親你並沒有兩樣，
並且還多添了八隻母雞，
兩隻豬娘，
啊！『問母親好』，
是的，王三娘！」

一九三五，七，一。慈鄉。

天涯地角

的確是天地同我開玩笑，
黑暗中怎會有紅光在這兒瞟，
晨雞已經啼破了春曉，
我會把天大的事情輕輕忘掉。

遠處有狗不住地懶聲嚎叫，
把春霧更加弄得糊塗縹緲，
何人的幻想有這樣的奧妙，
愚蠢的事情會弄得這樣奇巧。

明明是過去聽明人的高調，
煙霧中哪有喜鵲在築橋？

心已經像沒有宗教時代的古廟，
天涯地角哪裡能有船兒來回地搖。

一九三一，九，一二。上海。

匆忙

你來得這樣倉皇，
話又說得這樣驚慌，
去的時候又那麼匆忙！

我嘴裡含糊地唱，
心頭實在非常渺茫，
你今天為什麼這樣濃妝？

你說你要離開了我去流浪，
流浪到迢迢的遠方，
要把你心裡的東西去埋葬。

我嘴裡暗暗地怨謗，
心裡感到萬分悵惘，
你為什麼要離開我去流浪？

我說，我要贈你一顆心臟，
但請莫做你的行囊，
把它同你心裡的東西一齊去葬。

你來得這樣倉皇，
話又說得這樣驚慌，
去的時候又那麼匆忙。

一九三二，二，二九。上海。

老漁夫

一年前他兒子被軍隊拉去，
妻子也在病榻上瞑目，
於是那年老人就以他一頭白髮，
以及一嗓子的低咳，
來支持這副衰老的骨骼，
以一張網來養活他早寡的兒婦，
以及他五個幼齡的孫屬。
他天天秉著船篷中一支燭，
在漆黑小路上摸索，
依賴他旱煙筒一星火，
慰藉他靈魂的寂寞。
可是不久，一聲少婦的啼哭，
就吹滅了他風年的殘燭，

從此這漆黑的門頭，
再沒有慣性漁船之夜泊，
這世界已變成了無邊的寥落，
地像一塊冰，天像一抹墨，
每夜憑那遙遠的更柝，
傳來了一聲聲斷續的寂寞，
貫穿那河邊的茅屋，
以及那茅屋裡三個靈魂一個心，
同五個餓空了的肚皮，
與十隻癡呆的耳目。

一九三五，五，二九，夜。上海。

女子的笑渦

以前太陽的下面曾經有過，
風雪的中間也是很多，
菱塘的上面常常掠過，
桑樹的梢頭也曾掛過。

水面上伴過鴨，陸地上伴過鵝，
山林間也影響過啄木鳥的歌；
在稻花已香的時候，
也曾停在禾穗的頂頭。

也曾伴著犁，伴著鋤走，
伴過捕魚的網，捉蟹的簍，

也曾在茫茫的海上隨著帆走，
也曾散那深山裡沙漠的盡頭。
然而現在所有，所有女子的笑渦，
都進了野鴨絨、天鵝絨的被窩！

一九三五。上海。

秋月

三更夜的月兒，
像一個熟識的臉，
流著淚——
霧溼遍了衰草。

星，東一粒，西一粒，
同發著疲弱的光，
在那死靜的河上，
照出烏篷船的玄妙。

這情景更襯出，
這雙臉兒的熟稔，

但究竟在何處曾相會？
誰？我該叫她什麼才好？
我凝想著，直等星星兒散了，
月兒淡盡一片灰，
靜對那從樹梢下墜的紅葉，
凝望我情感墮落在秋郊。

一九三六，二，一九，晨。上海。

光明

挨過了長期下雨的季節，
挨過了許多陰沉的日子，
一直到那個黃昏，
我被他們挾到門外，
順著油滑的路，
穿過無數無數的小巷，
與高樓掩蓋的街道……。

這樣，我就被他們擁到郊外，
遙望那東方的一片灰淡，
西方的一帶青山，
跨越那一波一波的小丘，
漫步到河岸上等待，

他們說：「且靜靜地等著等著，
一霎時太陽就會上山，
光明會在荒野上彌漫。」

但是天色可一層層的灰了，
而星星兒明了起來，
我默默地看他們歡笑。
歡笑，等月兒升上天，
他們竟拍手歡叫，
把月兒當作了太陽，
讚賞它的光耀。
可是我默默，我倦了，
嘆出那悶在我心深處的憂鬱，
在那死寂的河邊墜入了夢境。

一九三六，三，三一。上海。

希奇的聲音

記不起誰告訴我，
天國裡有一種東西，
唱出希奇的聲音，
專迷惑聰敏人的癡心，
騙去了心裡的魂靈，
飛到了虛無的天庭，
任憑那茫茫的世上，
行走著愚笨的屍身。

之所以引起我越那茫茫的原野，
登那悠悠的山峰，
穿那陰森的樹林，

攀那荊棘的草叢。
之所以引起我步那悄悄的月夜，
望那雨前的青雲，
候那悽悽的黃昏，
等那虹過時的星辰。

於是我聽到烏鴉的奇噪，
喜鵲的煩亂，
鴟鴞的蠢號，
九頭鳥的苦酸，
我還聽過蛙聲啼熟了稻，
聽過蟋蟀啼荒了秋草，
還有是弔喪的哀猿，
跟來了含血的杜鵑。

可是這些，起初使我感到疲倦，
聽多了又引起我心頭怔忡，
於是我心中浮起了無謂的煩亂，

終於使我墜入了夢中。
但是在那悠悠的夢裡，
像有奇聲輕輕地把我喚醒，
醒來時我不知是否聽見什麼歌聲，
我只見白雲中有我靈魂的瘦影。

一九三六，六，二一。上海。

孤女的話

是浩蕩的水吞沒了我們手種的田，
我們的房屋，我們的豬羊同小雞，
更殘忍的是決口的長堤面前，
吞去了我們的丈夫與兄弟。

我們看見有錢的富家，
把那僅有的船兒載家私，
於是那無邊的洋上，
浮蕩著我們父翁與兒子。

現在只剩了我這孤獨的女人，
到這陌生地方來飄零，

日日夜夜已走千里路，
但還無人肯救我一條命。

一九三六。上海。

希望

這是一朵奇異的花，
它豐富的多變幻的顏色，
以及它馥郁的醉人的香，
把人的眼睛炫昏了，
把人的神經迷惑了，
於是人忘了過去的創傷，
現實的重負，向著它，
迷茫地向著它奇幻的色，
奇幻的香處走。
但一百個走去的人不過十人走到，
十個走到的不過有一個敢去採，
一個去採的也不見得全到手，
偶爾有到手的也採不到它的色與香，

它將化作焦黑的一束在你手中發抖，
而那時，它真正的色與香，
又在你茫茫的面前化作了光亮，
這像傳說裡如來手上的明珠，
在無邊的黑暗中給你一絲光，
讓無數無數的人群再向著它闖，
這就是它。是你的，
也是我的，又是人人所共有的，
它把老年人領進了墳墓，
又哄小孩子跨入了人世。

一九三五，二，一七。上海。

北海九龍壁

「我要吞咽那浩浩的
海洋漫漫的浪，
以及所有地上的湖沼，
化雲到天堂。」

「我要噴著霧，
吐著雨，御著風，
遊遍所有的
東南西北的山峰。」

「我不是地上的衰草，
哪會在烈日下枯倒？

我要飛，要躍，我要
跨入那千里無窮的波濤。」

「我難道傻，但我不羨慕
前面溝一般的湖泊，
我默默等著，
我靜候那故宮城頭的天色。」

「我早就準備，你看，
我揚著牙舞著爪，
只等那天色一變，
我就要飛跑。」

「百餘年的苦悶，
我們沒有懈怠，
也從沒有灰心，
我們總是緊張著等待。」

我沒有等其餘的話，
我已經走，
我知道這九龍壁
已交了倒塌的時候。

一九三六，五，一九。上海。

冬夜歸途

月色已失去秋夜的光亮，
柳影如今也更消瘦，
蟲兒早沒有什麼聲響，
樹葉也站在樹梢上抖。

自從風挾著沙，掠過了田野，
就劫盡了所有的綠，
於是人間也多了一群乞丐，
躲在街頭巷角上哭。

可是高樓裡仍會尋不出愁，
也難體會到冬天是多麼蕭索，

那些紅綠呢簾的鋼窗裡，
想有咖啡在爐上正熟。

我聽到一聲隱約的汽車叫，
驟感到街頭多一分寂寥，
三更後的風可異樣料峭，
我期望路角上沒有人在賣笑。

一九三六。上海。

人像

雖到了深夜十二時，
還死待月兒上柳梢，
亂用那三十年前禿了的畫眉筆，
學撒那十六歲時的春嬌。

往年枕邊的情話，
如今淪落在荒郊，
為守隔壁發光的銀子，
才放下那靡爛的歡笑。

殘害鄰家的孤兒，
洩自己無子的毒，

硬打扮病態的女孩，
當作搖錢的花木。

貪看鏡中自己的頹容，
妒忌青年人們的歡樂，
恨不得一手定他們死罪，
把他們靈魂製成返童藥。

一九三五，一一，三〇。上海。

私語

雀兒吹著霧，
蚯蚓翻著土，
白鴿兒整天嚕囌，
啄木鳥長鋸著老樹。

冬天鴟鴞在夜裡哀呼，
春間燕子在梁間嘀嘟，
還有青蛙啼盡了夏景，
蟋蟀吸乾了秋露。

這些你都記得，
但你有一點糊塗。
那是迷途的孤雁，

夜夜在天河盡處，
啼醒了你的春苦！

一九三五。上海。

舊帳

鐵棍，指揮刀、水龍頭，
還有刺刀與實彈的槍，
軍警武裝地守著城門口，
像是戰時的景象。

誰知進城的是徒手青年，
空嚷著古老的口號，
搖著軟弱的旌旗，
在兇狠襲擊下潰倒？

於是許多人都希奇，
還引起許多人哈哈大笑，

怎麼青天白日下自己打自己，
難道你們有什麼奧妙？

可是市長與校長正在聚餐，
香檳酒在杯裡又發奇香，
說救國愛民是大家胸懷，
軍警與學生算的是多年舊帳。

一九三六。上海。

英雄墓前

五百一千，我知道的，
死以前人家先給你
十年的餓，一甕的甜，
於是好，一塊八尺的墓地，
誇說是英雄的奇異。

英雄，這自然不是你們騙我，
倒是那一群人，
把活人當獸肉，
把死人當作餌，
把你們騙到了底。

大家是人，何況五百一千？
那頑健的生命，我想到，
生前曾給我們一個異口同聲的訊，
所謂生的掙扎，死的哀啼，
決不能留在那八尺的墓地。

將你們的血，硬化作人類的光榮，
於是御用的藝術家，
把你們雕作了人群的英雄，
百年後，碑蹟將成一塊勝地，
五百一千的生命可再無意義。

一九三六，二，六。上海。

別意

情千萬，話千萬，
我知道什麼事情都麻煩，
低泣一番，輕訴一番，
平凡的生命都為難。

煙一支，飯一盞，
嚕囌的生活真難堪，
醒時，我靜候曙色爬入窗檻，
聽雞啼一番，雀噪一番。

透出了失眠夜帶來的疲懶，
癡望那紅日升處，我頓覺得

那旅人的腳趾已踏入雲端，
而他腳跟尚留在我沉重的心坎。

一九三五，九，二二。上海。

幻遊

到底是船大還是河小，
一路來篷上總擦著柳梢，
在這黑黝黝的旅途中，
寂寞夜更顯得悄悄。

何處的船夫醉了，
把漁歌唱得這樣荒謬，
他說：「河裡總有懂歌的魚，
聽我的歌聲請跳上我船梢。」

想是衰草埋去了我舊識的古廟，
所以那期望的鐘聲會這樣縹緲，

但我相信總有淘氣的牧童，
把簫聲遺留在柳蔭邊的板橋。

我頓憶起十年前這裡的一宵，
一個夢到現在還未忘掉，
於是我默默地上了岸頭，
細認那打成同心結的柳條。

我也憶不起哪個牧童最愛玩洞簫？
但是那柳樹邊已尋不出板橋，
啊，在這月明霜白的時節，
那麼老柏樹上總還有九頭鳥。

一九三六，七，一五，深夜。上海。

獻旗

心炸裂，血流盡，肉橫飛，
於是讓泥土掩去了屍骨，
但是一個偉大的巨影，
永蓋在千百萬方里的地域！

這地域上居住的人民，
同他永生的後裔，
受那巨影的庇蔭，
揚著代表他們的國旗。

從此中華的母親最愛的不是子女，
中華的少女最愛的不是情郎，

她們要先愛那個巨影，
它蓋在整個民族所居的地上。

於是那國旗多一份新的意義，
那紅的代表著戰士們長紅的血，
那青藍的代表那血所養的自由，
那白的是那自由裡生長的光明。

一九三九，一，三。上海。

奠歌

不敢用可憐的憫嘆，
更不敢用柔弱的哀婉，
紅鐵般的悲憤捧著我心，
對戰士們英雄的魂靈祭奠。

像這樣的死，悲壯，偉大，激越，
在中華幾千年史中只有過一頁，
那是悠遠的祖先們為洪水泛濫捨身，
為那野獸的殘暴流血。

如今是你，為整個民族的生存，
世界的和平，正義與愛，

在抵禦強暴的侵略，
無畏的勇敢，視生命如草芥。

這樣你慷慨地流血，
救人類無邊的浩劫，
又壯烈地把你的骨肉，
填平了地球的殘缺。

而死後英烈的魂靈，
又成了我們的導師，
這裡是四萬萬五千萬的生命，
將追隨你前進的指示。

我們深信不遠的將來或者最近，
你血染的地方都將開花，
花開處將有自由的生命，
為你的愛，你的名字而生存。

於是有萬年文化史要為你們開卷，
史裡每個字都將是你們的光榮，
從此每個人心上都將刻著你名字，
而每首詩都將向你們的愛歌頌。

不敢用懦弱的哭泣，
更不敢用無聊的嘆息，
是火山石漿般的血養著我們的心，
心裡都存有你們英烈的魂靈。

一九三八，一〇，二六。上海。

心的跋涉

春天我期望花落，
夏天我詛咒黃昏的蝙蝠，
秋天到時我等待蟋蟀亂啼，
冬天我怕鴟鴞的夜哭。

每夜數那星星的零落，
或探詢那露水的寂寞，
在這茫茫的世界裡，
心是無止境地在摸索！

為跋涉的靈魂的蕭索，
所以黃昏時我在荒野上躑躅，

但我厭煩那天空的斜陽，
誰能挽我心愁來把它塗黑。

一九三六，六，八。上海。

過年

前門頭來討米錢，
後門口來討柴錢，
二房東在樓板上頓腳底，
咒罵過年還不付房錢。

弄左弄右在殺鵝殺雞，
左街右街都飄起國旗，
妻說：「不是冤家不聚頭，
當完了自己褲，
要當我的衣。」

近近遠遠一聲爆竹響，
家家戶戶點起了蠟燭香，

別人家孩子們都穿起了新衣，
一隻手年糕，一隻手糖漿。

於是阿大要我買花炮點，
阿二要我買兔兒燈牽，
阿三拿著日曆皮來給我看，
說：「爸，儂阿是
忘掉了今朝過年？」

一九三六，一，二二。上海。

戰剩的情緒

我偷進了這陰森的荒野，
那碰巧是灰色的月夜，
在那殘礫中我幽幽地喚，
喚我同伴的魂兒歸來。

風像當年的步聲，還有那草，
在月光下活像發閃的刺刀，
我沒有聽見魂兒的聲音，
只看見白骨在那裡衰老。

於是我唱起最熟識的軍歌，
這在當初泥醉的伙伴也會來應和，

可是如今我不但不能把他們喚醒，
也難再使他們感到我嚕蘇。

但我還在白骨堆裡靜靜等待，
我想把骷髏的下顎一個個撥開，
因為我相信那裡一定還有山歌，
在他們死前的舌底存在。

一九三六，二，一八，深夜。上海。

紫禁城

外道城，裡道城，
當中還有紫禁城，
我們當年聽見街上歌，
歌唱那宣統皇帝登龍亭。

民間多是皇帝的故事，
空鬧過革命與誓師，
於是一朝皇帝一朝臣，
朝朝皇帝是那麼回事。

可是如今什麼都不希奇，
大小的皇帝都在扮演傀儡戲，

空剩那外道城與紫禁城，
深鎖著皇座的神祕。

一九三六。上海。

一百個醫生

一百個醫生，五百個看護，
把病人的病勢弄得一場糊塗，
八十個主任醫師抽著淡巴菰，
二十個助手用刀鉗敲鑼鼓。

剝去了衣，又剝去了褲，
剖開了胸，又剖開了肚。
於是錯把碘酒當作醬油醋，
把病人看作烤乳豬。

這樣，我們兒孫連連叫苦，
罵這群醫生太糊塗，
但他們說：

「你們用不著嘰哩咕嚕，
我請個中醫開藥方重重地補。」

中醫帶來了許多醫書，
本草綱目帶同春秋尚書，
可是他越尋越感到模糊，
難道人參也可以補烤乳豬。

於是一堆堆兒孫都咽咽嗚嗚，
但醫生罵他們太嚕嚈，
說：「讓我們把病人的四肢
拋在酒精裡，
快帶到東洋去兌濃巴菰。」

一九三六，一，二二。上海。

睡歌

睡覺吧，小寶寶，
你瞧夜是多麼安靜，
彎彎的月兒會鈎起你的搖籃繩，
於是你從這顆星晃，晃——
一晃晃到那顆星，……

每粒星會告訴你有多少重，
於是他就贈給你一陣微微風，
這微微風會吹給你一個小小夢。
這個夢會把你帶上天，
那裡有一百個仙子來吻你的臉，
從此你臉上就會有笑靨。

等天邊有了曙霞，
於是他們把你送回了家，
你媽媽不知道你在天上宿一宵，
只驚奇你醒來時怎麼學會了笑？

一九三五，九，九。上海。

懷念

我要尋風尾上鮮豔的夜，
雁腳下渺茫的幻想；
在這陰沉的多雲時節，
一顆露珠在麥葉上發亮。

沒有一隻驢，一隻駱駝，
在這茫茫的荒原上躑躅，
哪裡還有可愛的聲音，
來擊破這難堪的寂寞？

山坡上有新綠的春草，
發著那舊時的清香；

是一隻蛙伴一朵野花，
癡對著月亮惆悵。

長記得長城外沙漠起處，
還遺留有多少匈奴的殘鏃，
然而如今，那山海關外的風，
已吹得古代的光榮的寥落。

一九三五，六，一七。上海。

路

我曾登雲裡的山峰採各種奇花，
攀夕陽西沉時候五色的彩霞，
也曾在無邊的茫茫的海洋上，
捉握那水中的月，霧裡的光芒。

我曾累得滿手是血，滿面蒼老，
走得每個腳趾上都是水泡，
也曾因飢渴凍冷在冰雪上暈倒，
也曾為避虎避狼躲到荒僻的山坳。

也曾渡那黑黝黝的沙漠，
經過鬼與蛇盤踞著的山谷，

為一個傳說上幻美的花束，
為一支埋了的歌在地土裡寥落！

但如今，所有的愛都變成罪，
所有的美都失掉了光輝，
我再不夢想那空虛的光明，
我要走我腳下無奇的路徑。

一九三四。上海。

幻想

愛看的書籍已經百來遍翻，
爐火上濃茶也已經沖淡，
所有的煙草都化為煙散，
老鼠的鬧聲也加倍難堪。

正是那天色剛剛翻出白眼，
未睡的眼睛已經疲懶，
樹上的鴟鴞叫得特別悽慘，
今年春意也提早闌珊。

早想不讓那心海這樣泛濫，
但我渡不出這昏陰的難關，

並不是有漁船夜泊在這個海灘，
是那群飛倦的雁兒在這裡為難！

一九三三。北平。

自慟

誰在那松頂上抖索？
把初春弄得晚秋般蕭索！
三更裡宇宙已是夠寥落，
這一來，
一絲星光就是一分寂寞。

在這荒野中有多少
曾吻過我們的骷髏，
更有多少攏抱過我們的骨骼，
可是他們的墳堆已與地面平，
只有那溪水年年總是綠。

我心靈頓有一種難言的恐懼，
像見似乎熟識的靈魂在暗中摸索，
他哼著多年前別人
弔他的送葬濫調，
搖拍他自己久已遺棄的軀殼。

這樣我已沒有半點怕，半點寒悚，
我只想捨棄我累贅的衣服，
憑靠著一個陌生的棺廓，
撫我自己的肉體閉著眼來哭。

一九三五，六，一。上海。

乾杯的歌

不要癡視我眼睛中的你，
腿上的你，手臂上你的自己。
知道麼？這是一個別離，
在這個別離間，記著，
每一個聲音，每一個現象，
每一個夢，以及每一次光亮，
都會確實地告訴你，
我們是都躺在命運的懷裡，
你我都屬於你我的自己！
現在你在我臂上，在我眼睛裡，
在我腦筋的深處，
是的；但是不久的將來，
憑空中會有聲音，它會告訴你：

它在每一個聲音間會毀了我腦，
毀了我腿，毀了我眼睛，
毀了我手臂。
於是我身上再也沒有你了，
這個深入骨的印象會飛到天邊，
伴白雲流入於空虛的春煙！
這樣在不久
你或者會見到一個潰爛的屍首，
於是你閉起眼，掩起鼻來，
用格外的速度走你自己的路了！
你會不會想到這具炮彈的殘屍，
曾在每個細胞中占有你的畫的詩，
占有你靈魂中最玄祕玄祕的事，
不吧！於是稍遠的將來，
你就會看見，
或者就在你殘垣斷牆的故土裡，
發現了戰士們的殘骨與骷髏，
那時你可會到骷髏堆裡去認，

那一顆是你熟識的，
向你行別禮的頭呢？
不吧！那就要等更遠的將來了，
在一些衣冠的空塋上，
或者有我的姓名；
於是你含淚了，
對那墓前的青草與鮮花，
對那月下的清風，
或者是柳樹上的黃鶯，
於是我知道你有多情的詩篇，
誇大的雕塑，
在潔白的詩上，在大理石碑上，
讓許多人會讚美你詩的美，
我墳的美，以及我遺像的光輝。
於是那一聲炮響一具臭爛的屍首，
一個哀呼以及殘缺的骷髏，
卻在那讚美裡弄成了糊塗！
但是不，你也用不著癡視我的頭，

我的眼睛，我的未死的身體，
記著，這是渺茫的事，
我們要現在，現在，
請再乾了這杯吧！
趁未別讓我們痛飲一醉。

一九三五，暮春。上海。

萬佛節

鎮上頭又有了新洋貨，
小布店裡也有新衣料，
紅綠紙條發得滿街飛，
軍樂洋鼓也隔戶兒敲。

編茶壺筒的老板也買熱水瓶，
木梳店小姐也讚化學的梳兒巧，
鄉村裡有多少養蠶的鄉婦，
都在爭買人造絲的衣料。

這世界早就有點兩樣，
離鎮廿多里也有小輪叫，

村前後都有軋米機響，
紡車與布機早已沒有人搖！

老婆婆們都在嘆息，
這天下真是太希奇，
那些茅屋裡的種田姑娘，
也有花毛巾掛上了竹竿。

自然，過了萬佛節誰都要去忙，
可是茶壺筒與木梳更會無人理，
等到一擔穀要合不上十斤油，
才會相信花洋布並不是真便宜。

一九三五，五，一三，午夜。上海。

熱病

尼姑為和尚織廿一世紀圍巾，
泥鰍上岸要走構造派的橋；
看護們伴著富有的病客吃點心，
藥瓶裡醃的是梁任公的腰。

我口嚼鴨肫肝想追悼詩，
但是心怕得怦怦地跳；
秤鈎上掛著難產的孩子，
手術室裡我像宰豬般地叫。

夢醒時全身骨節都瘮，
好像我剛剛上過弔；

板壁裡透出來鴉片煙圈，
像是骷髏的眼波在瞟。

我告訴他們我要出院，
八個人有九個大笑；
醫生硬逼我要吃安眠藥丸，
說是我一定還要好好睡覺。

一九三四。上海。

河上

是漁船剛剛起了燈火，
這樣晚，誰在唱唤鴨的歌？
我把不住自己的舵，
任憑著船游向那歌。

船首水聲活像鴨渡河，
我望著漪漣的水波，
朝著那唤鴨的野歌，
我鴨尾般把著舵。

有細雨在水上輕播，
我不知怎樣來把我舵，

我再已尋不著喚鴨的歌，
只見漁船已經起了燈火。

雨點已經跳亂了小河，
河面像是掩上了薄幕，
兩岸有小樹又唱起蕭蕭的歌，
我看不見那兒還有燈火！

一九三二，六，八。慈鄉。

凋疲

十月裡我聞到村女滿頭桂花香，
八月初我望見早穀黃遍了稻場，
還有那二月底的燈節，
隔窗兒的燈籠只發亮。

誰焚著香在我們門前走過？
誰捧著花在我籬外巡邏？
還有誰立在那倒了的牆缺，
唱那我忘掉了的山歌？

久病的人兒早無人訪問，
這一所山屋他們都當做了墳，

倒是在那天邊無情的月蝕，
有銅鑼聲闖進了我的房門。

這樣我夜夜聽狗叫，朝朝聽雞啼，
我聽鴟鴞吞盡了秋，春花化為了泥，
每天守那蒼蠅撞著透明的玻璃，
是同樣的阻礙把我生命弄成凋疲。

一九三四，八，一。上海。

劫

連啄木鳥也不來代我祖父伐木，
也無野鹿來代替往昔耕牛躑躅；
更沒有厲禽會來代替童年的殘毒，
一任樹上的果實過分的爛熟。

因為兒時的伴侶都在墳墓裡寥落，
這顆倦旅的心靈真是夠寂寞！
風！請不要在河岸上蕭蕭地抖索，
記取有舊識的雁鵝來葉深處投宿。

這一切只像一朵殘花悄悄的凋落，
唯千古的暮靄永生在枯枝上撫摸，

我頓憶起當年的笛聲掠過了牛角，
把炊煙染成了歸途的紅綠。

我沒有悲哀，只感到無底的煢獨，
我只想附近有一間簡單的茅屋，
保護我手頭一支微光的殘燭，
來期待一聲熟識的鬼哭。

一九三五，六，一六。上海。

田野間

就因為繭價不好，
去年的春蠶都沒有飽，
所以今年的桑葉青翠，
但是我們都沒有養蠶。

為去年養豬的賠了本，
於是雞鴨跑遍了小村，
還不知稻熟時穀價怎樣，
也何敢空望田裡的禾秧。

她們身上穿著藍布衫，
手上是剪刀，胳膊上是籃，

紅的花不採，黃的花不採，
她們只選那青草叢中的野菜。

還有那十來歲的孩童，
也都在田野裡做工，
他們的肚子雖早已餓，
但他們還不敢採野果。

一九三四。上海。

尋（一）

狗伸著舌沒有力氣叫，
竹林間沒有一絲聲音，
山上下尋不出一隻鳥，
湖左右聽不見一聲蟲鳴。

有老頭兒在岸上打瞌盹，
釣蝦的釣竿溜落了湖水，
白帆的裡面都是夢，
茅亭裡也有人睡。

為尋活潑與愉快的徵候，
所以我在這湖山間狂奔，

然而到處是疲倦與憂愁，
因此我心頭非常納悶。

於是我在這湖邊癡歌，
盼有雨打破這番死靜，
待湖面浮起了笑渦，
我要跳落那愉快的湖心。

一九三四。西湖。

秋在上海

這裡是一群蟻，
那面是一群蜂，
還有是樓梯的欄隙，
有肉腿在那裡蠕動。

這邊是香粉香水香，
那邊是綢緞在發亮，
還有是爐子在冬天裡發火，
電風在夏季裡發響。

一層，二層，三層樓……
電梯裡滿載了男女們的頭，

手上是紙包，脅下是紙包，
笑聲裡沒有一絲兒煩惱。

在這個世界裡誰還能看得出窮，
誰還能想到多少災民在流連，
只有那門外洋車夫沙聲的喉嚨，
提醒我：這群人只活在夢中。

一九三五。上海。

退化了的一種笑

有血汗染過的，
在喘息裡浮出的，
在焦灼太陽下，
在冰凍的雨雪裡浮動的，
在腳的累，手的疲，
心的跳動中存在的，
凡稻場上，禾田中，紡織的車邊，
船舵旁，耕犁的後面，
以及竈爐與河水近邊常有的，
在現在早已消失得不能再尋到；
現在所能尋到的是
在電扇電爐的旁邊，
麻將桌上與香檳酒的杯角，

以及沙發上，汽車中，
跳舞場公園的裡面，
那些都是平靜的柔軟的，
只有些脂的香，粉的香，
再不帶緊促的喘息與勞動的汗氣。
——不，不，有的，
但這只在過度淫樂以後，
那淫蕩的笑聲會伴著勞力的殘喘，
與汗的交流裡發出聲響。

一九三四，一，一六。上海。

咒唸

就因為我去的時候稍晚，
所有的人們已經獸散，
大殿上只剩黃土的泥壇，
地下有黃紙糊過的木板。

一個個搬夫將一根根木條搬，
他們一面揩汗，一面長嘆，
哪一根木頭沒有黃色的聖紙黏？
為什麼他們的重量一點沒有減！

被超度的鬼魂叫得更慘，
被降福的人們仍將乾草當飯，

只有附近的犬吠帶著七分懶，
算是學會了這場熱鬧的咒唸。

一九三四，五，二三。上海。

手史

當初的世界原是平淡，
哪一隻健全的手不一樣的做工？
慢慢世界變成了麻煩，
人們的手開始有不同的勞動。
有些手種田，有些手縫衣，
有些手搖櫓，有些手掌舵，
會把犁去把犁，
不會把犁的去弄火。
慢慢世界開始兩樣，
有些人只會用嘴嚕囌，
於是有些手就受了嬌養，
但是總有細微的辛苦。

但是如今，世界是越變越希奇，
許多人的手只會抱鮮豔的肉體。

一九三四。上海。

嘮叨

靜寂中到底是誰在嘮叨，
殘缺的月兒偏要完好，
飢餓的人們都沒有飽，
河裡的屍衣都有人撈！

豺狼叫過輪到了貓，
虎的吼聲原也是那一套，
所有的聲音我都知道，
夜鶯的曲調也徒增煩惱。

深坑裡還有血淋淋的頭腦，
喇嘛們超度的是散失的槍炮，

白骨的上面長滿了青草，
四月的天氣會異常的熱燥。

誰說香檳酒伴著指揮刀，
我獨怪槍彈愛鑽破棉襖，
這樣平庸的故事誰愛知道？
但骷髏眼眶中的蟋蟀偏會這樣鬧。

一九四三。上海。

似乎

過去似乎有那麼一次，
我灰色的嘴唇吻過你的髮絲；
我在長白山也曾對天設誓，
我這樣的愛你要一直愛到死！

這裡有淚染過的白紙，
紙上是血寫過的紅字，
然而這些都是過去的往事，
現在只記得似乎有過的那麼一次。

起初我還可以送你一二行詩，
如今我再也吐不出一個字，

這因為我心頭填滿了相思，
這相思已經是把我苦纏到死。

過去似乎有那麼一次，
我灰色的嘴唇吻過你的髮絲，
我今天又在長白山前對天尋思，
要不能忘你我將為想你而死！

一九三二，六，八。上海。

池邊

是幻夢，是現實，
有那麼一個時間，
我也不忍說出到底是哪一年，
總之是四個人曾同到這個池邊。

誰說這是我自己夢境，
有潭水可以證明，
兩年前有一個時辰，
潭水裡還留過三個人影。

今天的事實更加難堪，
只有兩個人重臨照這清潭，

魚跳著說我在對他們為難，
因為我們沒有話只有長嘆。

以後的命運更加難以相信，
也許明年將孤獨地飄零，
如果真有那一件事情，
那潭裡不要照我更瘦老的人影。

是幻夢，是現實，
有那麼一個時間，
喜鵲也不忍報出是哪一年，
它只說有四個人來這池邊。

一九三二，五，一四。於蘇州西園。

重到江南

是初夏的時節，我重到江南。
牡丹的消息我去問誰？
孤山上也沒有寒梅，
湖水像是我去年的淚。

過去的不回，
未來的可追，
別叫我靈魂再這樣傷悲，
寧使我肉體去犯彌天大罪。

那不是人，也不是鬼，
也不是塑像，不是石碑，

只是那年來的血，的淚，
把一切化成了死灰。

贈送的花朵都已枯萎，
牡丹的消息我去問誰？
孤山上也沒有寒梅，
湖水上又重灑我今年的淚。

一九三二，六，一一。杭州。

我是一隻愛光的蛾

我是一隻愛光的蛾，
雖死我也要探火，
但是你投在水裡的明眸，
引誘我乖乖地投河！

你眼如靈活的水波，
雖有光，但不是火，
是我的愚笨把它看錯，
我才會向水裡尋火。

即使我把它看成了火，
也何至闖了這樣的大禍？

只因你眼光投影在河上，
我才會把路徑走錯！

河水使我凍得發抖，
我到哪兒可以採火？
心裡已填滿了哀愁，
河底也失去了你的眼波。

一九三二，四，二三。北平。

傍晚

新月已跨上了雲霄，
西方的彩虹似乎在叫，
是誰有空閑在弄洞簫？
耕牛也懶到把角亂搖！

花靜悄悄，草靜悄悄，
搖動的是我們的汗珠與禾苗，
我們有時也有歌也有笑，
但誰能了解我們心頭悸跳。

雨太多太少都有些不妙，
蝗蟲與軍隊到時也要枯凋；

魚正在春水裡穿游逍遙，
我們還沒有工夫可以垂釣。

新月已經浮出了雲霄，
西方的彩虹似乎在叫，
是誰有空閑在弄洞簫？
耕牛也懶到把角亂搖！

一九三五，六，五。上海。

感

任憑我熱血一杯，冷酒半盞，
我也無力來阻抑我愁思泛濫。
片片的落花已將滿城春意深埋，
這樣的時節能不使我心頭憂煩。

我不怪已逝的春意難挽，
因為花開時我曾經偷過懶，
渴極的時候我曾飲過鴆，
餓極的時候也曾將樹皮當做飯。

愛讀的書籍翻了又翻，翻了又翻，
翻厭的時候我曾經把它扯爛；

這樣的生命能不使我心中難堪，
根根的白髮已對我青春發難！

一九三一，五，二七，深夜。北平。

碑銘

在人生的途中她已經走到絕頂，
我不願在墓前留她的姓名，
但地上有無數愛她的癡心，
將永忘不了她美麗的倩影！

她有神所不能比擬的聰明，
她有世所不能尋覓的娉婷，
她有花所不能形容的薄命，
她有鶯所不能模仿的歌音。

不論老幼男女富貴赤貧，
會見過她的都愛她的心，
別開了她時都傳她的名，

可是沒有人知道
她得什麼病。

在人生的途中她已經走了絕頂，
我不願在墓前留她的姓名，
假如過客要知道一些音訊，
那我要告訴他：
「墓中是已成骷髏的美人！」

一九三〇，四，一二，晨二時。北平。

重會

為別期中常常夢起你，
所以相會的現在也像是夢，
過去夢後的悲哀都埋在詩裡，
但這次的重會使我哀痛！

不必再訴說別後的相思，
額前的皺紋就是明證；
就為你缺少了一份意志，
耽誤了那不再的青春！

為過去的光陰不能復回，
我們也不去過細計較；

但怎麼能把這重會的傷悲，
化作為夢後的苦笑？
然如今，這傷悲又都變成愛，
這個愛又使我不能同你分開。

一九三三，三，一。甬居病中。

約後

自從你風一般走後，
空氣與血液都是愁！
太陽的輝耀失了光彩，
雀兒的歡歌也滿是悲哀。

為我等待時心頭微顫，
所以那時辰會過得特別慢；
又因你來後的光陰快得像箭影，
所以只有悲苦填塞我心靈。

你不來我本可以悄悄地睡眠，
但現在相思在叫我開眼到明天；

我聽過鐘一次次響，雞一次次啼，
但還需陽光從東轉到西。

世間的約會原沒有健全，
但如今被愛火燒得更短；
病中的身體本不堪不睡，
更哪堪長夜漫漫都是悲。

一九三三，三，二。甬居病中。

銀色的詩

儘管我心翅上滿是創痕，
腳底上也感到隱切的痛，
但是我要去，要去！
即使我抛不掉腦裡的憂慮，
血裡的煩惱，心裡的空虛，
以及對那黑黝黝的
前程有一種恐懼；
但是我要去，要去！
因為我也並沒有計算過
路的遠近，平坦還是崎嶇？
也並沒有想到，
天是起了風還是下了雨？
但是我要去，要去！

我決不細細去計較：
去了後，心是否會更痛？
反正我知道，我經驗過，
我們要維持美麗的花朵，
就需放棄他有用的果！
那愛，也是一樣，一樣！
也許你並不會這樣去想，
但是將來你會知道，
到底愛在什麼時候最高？
美在什麼時候是最完好？
一切都用不著我對你細訴，
反正事情已是非常清楚。
其實說實話，我也希望，
希望這清楚的事情有些模糊。
讓這模糊的輪廓像慢慢
接近焦點般的清楚，清楚！
你曾經是我白衣的天使，
把我當作天國的驕子，

然而這些，
我要它變為點點的金波，
永遠永遠在我心海裡泛濫；
我不願它化作你臉上的紅斑，
唇上的白斑，以及眼裡的波瀾。
所以我要去，要去；要早些離開，
我自己也不知道我到底是否會回來
當然更說不定什麼時候會回來！
過去我是將我的青春熱誠，
趁一點白帆在茫茫的海洋裡馳騁，
所以將來你可以想到，可以知道，
儘管所有的空氣是多麼甜淨，
你手下的病人
（也許已成了你心上的病人！）
一定是在那波濤般的生活裡，
度那剩下的有限的生命！

現在我偷偷地，毫不鄭重地，
向你的心靈告別——
這也是生命史上的一個別離！
雖然我沒有一聲低泣，
來昇華我心裡的悲戚，
但是，這悲戚已將這份愛，
變成了沉重的東西，
緊緊地壓在我心底，
使這次痛快的別離，
留下了八分的悽迷，
把我的腳步弄成有些難移！
然而我要去，要去，
讓這個銀色的愛變成遊絲一縷！
末了，我要鄭重地告訴，
我腦裡帶走了你愉快的笑，
帶走了你眼波的仁慈，
還帶走了你白色的形影，
以及你到處流露著的

可愛的幼稚的風韻！
還有，還有，還有，
還有是這首銀色的詩，
這不能算我給你，
算是我從你處偷來的詩篇。

一九三三，三，六。甬。

過年

十里的繁華只剩了一條線，
帶雪的山峰只有幾個白點，
這時候，我又躑躅在冷落的船面，
悄悄地，迎這個別人熱鬧的新年。

前年這時候，我在火車上，
去年這時候，我在炮火中流浪，
今年誰能夠料到我會又在海上，
聽到一聲聲風的歌，潮的唱？

來時的海原也這樣渺茫，
但海鷗也曾伴我到甲板上彷徨，

然而如今，偏逢到年終的辰光，
當時的海鷗也都為過年忙！

別離了的陸地只剩一片天，
有黑雲匆忙地在我頭上飛，
但剎那間都碎成雪片，
它們要伴我在冷落的船面上過年。

一九三二，一，二三。赴天津船上。

湖山

每一個山峰都對我點頭，
每一枝樹梢都對我揚手，
每一絲湖波都對我飛眸。

她問：「你來自你自己的故鄉，
可遇見我懷裡長大的姑娘？
她現在到底是怎麼樣？
增加了多少風韻，多少長？
每一個笑容裡有多少花樣？」

我說：「她臉像你中秋夜的月亮，
眼像星星兒在湖裡蕩漾，
舉止像你燈景夜遊的光亮，

她比我短三四寸模樣，
我是有五尺十寸長。」

她又問：「她頭髮
揚的是什麼花香？
呼吸可像春風在湖上飄揚？
還有她是否記得湖中魚躍的聲響？
黃鶯兒的歌曲在柳梢上嘹亮？
以及靈巖峰上滿樹的梅香？」

我說：「我心裡只有一個印象，
說不出有許多花樣，
如果你一定要知道這樣那樣，
那只有讓我死在湖裡，
讓這印象分解為嚕囌的花樣。」

一九三四，春。杭州。

希奇

上弦月是你的眉影，
夜霧是你的風韻，
夏晚的涼風最易使人睡，
那時紅霞就告訴我你嬌美。

還有黃鶯兒宣布你的歌喉，
春水漣漪正像你的清愁，
更有那使人迷惘的春風，
在花叢中也啟示過你的笑容。

是陽光染紅大地的清晨，
我知道你就是我頭上的輕雲，

還記得孤燈戀照我詩篇，
你也曾沉吟在我詩句中間。
所以，這是一點沒有什麼希奇，
我未會你時早就愛了你。

一九三四。上海。

一個夢

昨夜我有一個夢，
夢中見紅霞在天空，
你坐在那紅霞當中，
捧著我的心琴在那裡奏弄。

我著急，不，實在為你擔心，
但無法告你這是危險的事情，
果然我的心碎得片片，
剎時間變成了無數的火星！

無數的火星忽然堆成紅塚，
我知道你屍身就埋在塚中，

於是我靈魂偷偷地飛到天空，
我滿掬著火星默默祝頌：

「這紅塚雖像是火的結晶，
但它原是我沸熱的癡心，
假如裡面還有個微小的空地，
那為何不能住我自己的靈魂？」

紅塚忽然變成萬花叢，
我靈魂也就埋入花中，
於是我輕撫我跳躍的心胸，
問你驚懼幾分，快樂幾分？

那時我只知兩條生命全在我心裡，
我也認不清有無紅霞在天際。
直到無情的冬風打斷夢裡的癡意，
我還信床上清醒的只是我的屍體。

一九三一。北平。

我

我生在水之鄉
長在沙之邦，
我心像太陽，
生命像電光。

過去也曾流過淚，
心靈也曾受過創，
在沙漠中曾流浪，
在風雨中曾飄蕩，
但是我沒有呼過降，
也沒有停過唱！

在天空裡我不知華貴，
地獄裡不知道受罪，
酒在我面前不想醉，
月光下，和風裡我不想睡；
我想有彎彎的新月做我酒杯，
虹做我的床，雲做我的被。
大笑也許是我的傷悲，
對我血流的地方我永不垂淚；
我將是火焰或是灰，
但決不是燒紅的鐵塊！

一九三三，九，七。上海。

問答

「夜鶯有纏綿的歌，
虎豹有雄壯的吼，
蚊子有叮嚀，蟋蟀有感慨，
大魚小魚在水裡徘徊。
那麼你不是動物嗎？

水流有幽婉的歌曲，
風行有豪邁的呼聲，
電有光，雷有響，
雲霓有無限變幻想像，
那麼你都沒有學習？

草木日日都在生長
萬花無時不發異香，
哪一個山沒有一草一木，
遇風遇雨都有反響，
難道你只是一塊無用的頑石？」

「是，也許是，
但這頑石裡蓄著火焰，
有一天那火焰要噴到世間，
那時立刻震動了山，震動了水，
震動了一切的存在，
震動地球上每一隻同每一塊；
那時會有人宣布給你聽，
所有的石漿就是我現在喝的酒，
而那火苗裡我的生命，
將在宇宙裡多添一顆星球。」

一九三三，九，七。上海。

玄妙

你進也悄悄，出也悄悄，
我迎也心跳，送也心跳，
為你眼角微顰，口角微笑，
於是我心底的相思飛到了眉梢！

起初我也唱出一支歌，一曲小調，
我也曾把我心當做琴唇當做簫，
就為好久以前已把它忘掉，
所以我對你也會靜悄悄！

不管風的蕭蕭，雨的瀟瀟，
也不管雪與霧的縹緲，

只管你來也奧妙，去也奧妙，
才使我心胸感到了寂寥！

你在也悄悄，去也悄悄，
但你走後，我心就不跳，
我眉常常皺，心常常焦，
就為你留下的悄悄有些奧妙！

一九三三，二，一三。北平。

贈別

起初原是期待相會，
但而今我又要他飛，
只要花開的時節我心不碎，
也何須你叮嚀我應當早歸？

為我對你過分相思，
也曾把情愛化為詩，
只因怕增加你的心事，
所以從沒有對你朗誦一次！

年來的蹤跡更像遊絲，
人生中你也原是一隻蜉蝣，

我倆間本沒有什麼可求，
只願再相會時多喝一杯酒。

一九三三，二，一九。北平。

留

你一定知道瀑布，
它從高高的雲中，
經過許多許多山巖，
許多許多樹根，
穿過一切阻撓它的雜草、荊棘，
一切阻礙它的各種的沙石、
各種的昆蟲，
日日夜夜不斷地向下流，向下沖，
你可曾知道，
有什麼東西能將它挽留？
使它自動地為此停留？

你一定還知道星星，
一定還知道地球，
它們從人類以前的久久，
已經在那裡不斷地旋遊，
不管那風的吹，雨的打，
也不管那白雲的悠悠；
你可曾知道有什麼
東西可使它不動？
使它自動地停一分一秒鐘？

你一定還知道人生的青春，
它去得靜悄悄無蹤無影，
無論你苦守，祈禱，追求，
無論你用滋補的藥，滋補的酒，
它會消失，從你善護的黑髮，
同有光的眼球！
你可曾知道，

有什麼東西能使它不去？
使它長住你每顆細胞裡不變？

自從那一天——我
來告訴你，現在——
你在睡夢裡說對我有愛，
這使我感到：
我看見過的水都不流，
連那一切的行星，
還有旋轉的地球，
以及我剩下的青春，
都在我每顆細胞裡，
每根毛髮上停留！
所以，我那流水般，
行星般，青春般行期，
為想重會你而默默地放棄！

一九三三，二，一九。北平。

會

這不是雲同雲相會，
也不是虹同虹相會，
不是星星兒同星星兒相會，
也不是天上的月同水中的月相會。
不是自己的面容同鏡裡的相會，
也不是電同導電體相會，
也並不是光同乙太相會，
更說不到鐵同磁的相會！

誰都知道花遇到春露就笑，
殘葉遇到秋風就落，
也誰都知道白楊遇了風要蕭蕭，
海水遇到月光要咆哮！

但你可知道你會我時使我心跳，
別我時使我靈魂感到了縹緲！
然而，我半點也沒有怪你，
因為你也許不會去想，
但是我知道。

這不怪你來時的悄悄，
去時的悄悄，
也不怪你眼望著地下，
顰留在眉梢，
不怪你頭髮無意地飄動，
以及你口角掛著的微笑！

這要怪昨夜星星兒的蹊蹺！
它們會在三更的時分，
在我玻窗外不住地輕敲，
我不忍看它們不安地抖，
更不忍聽它們煩躁地跳，

但正當我開窗它們忽然飛掉，
只留那彎彎的月兒對我呆笑。

這一看，不要緊，
我想，一定是它
會在我倆靈魂上掛起一條橋。
要不然，為什麼——
請你告訴我，假如你知道——
那蹊蹺的星星兒會
像你進門時的眼睛，
彎彎的月兒，像你臨行時
口角掛著的微笑。

你星星兒般的眼睛，
象徵珠一般的春露，
你新月般的微笑，
象徵夢一般的秋風，

露開了我心田上的花，
風吹掉了我心田裡焦葉。

似乎春只存在花上，
秋只存在落葉裡，
離開了花開就沒有春，
離開了落葉就沒有秋，
所以我不願意說我
同你像什麼同什麼相會，
我只知道我倆只是一個體，
在那個體裡你是正面，我是背。

一九三三，三。北平。

閑愁

正是你船開走了的時候，
有飛燕掠過我眉頭，
為那燕尾上帶著春愁，
這春愁就沉到我的心頭。

因為我心裡原充滿著離愁，
如今是離愁與春愁湊成一縷，
這一縷幽愁緊束著我心靈，
那麼它如何能不消瘦？

正是你船開走了以後，
我還不忍離開這個渡頭，

偏偏那帶愁的春風將流水吹皺，水皺時，我又頻添了一番閑愁。

一九三二，二，二六。北平。

雪夜

晨雞已經啼唱了三遍，
第一遍像臨產的嬰孩叫，
第二遍像迷途的瞎子吹簫，
第三遍像臨死的歌女一聲笑，
於是我怎麼也不能睡眠！

起初我疑心是凋謝了一朵梅，
接著像瘋了的蝴蝶狂飛，
後來才知道醉了的白雲碎，
雪擾醒了路燈好幾點！

月兒在黑雲裡燃燒，
海浪在空中狂拋，

野雲在山上飛跑，
山告訴我你在更遠的天邊！

我怎麼也不能安睡，
鐘像瘋人的顫抖，
爐火像猛獸的搏鬥，
燈像夜禽的守候，
於是我將它們鎖在
我空著的詩篇！

一九三二，一二，二八，晨三時。煙台。

悽涼

遠處還浮著燈塔的光亮，
近處也還有海潮的聲響，
然而夜究竟是這樣悽涼，
所以我仍在失神地空想。

我越過山林越過沙漠，
還越過萬里重洋，
但是我無法越過今夜的空想，
只因為夜是這樣悽涼！

我離開過母親與情人，
還離開過我所愛的家鄉，

但是我無法離開今夜的空想，
只因為夜是這樣悽涼。

並不是我在空望太陽，
空想宇宙還有別的花樣，
只因為夜是這樣悽涼，
所以我仍在失神地空想。

一九三二，一二，二二，夜。煙台。

紙條

他不經意地在她門前走過，
嘴裡正哼著未完成的歌，
但為她趕到門口來瞧，
他得到的詩句會完全忘掉。

自從這個日子以後，
他就愛上了那個街頭，
只要他對這門口凝神地瞧，
那關著的門上也像掛著她笑。

正是春光燦爛的時候，
他天天向那條路上漫走，

明明有她含情的眼睛在瞧，
但為門板關著沒有人知曉。

今天他有意地在她門前走過，
嘴裡哼著已完成的歌，
但門口再不能尋出她的笑，
因為門板上已貼著招租的紙條！

一九三二，一二，二八，夜。煙台。

一次默默

一個人，默默地只有一個我，
一個黑夜裡只有我煙頭一顆火，
一片靜霧掩住了一雙飛動的海鷗，
那一條灰線上只有露出一個山頭。

一杯酒陶醉了我一顆癡心，
窗口一片天，會沒有一粒星流過？
一株樹像一隻野獸在躑躅，
我深怕有一瓣焦葉在禿枝上發抖！

一陣風捲起沖天的海浪，
像一絲白光在帶喪的天空婆娑，

一顆月亮像被迫嫁的新娘，
白悽悽在黑天上發愁。

沒有一個朋友在我面前走過，
肯帶給我一支熟識的歌，
於是一點淚會將憂鬱的宇宙滴破，
一片茫茫的雪上浮起了一個笑渦。

一九三三，一，三，夜。煙台。

夢

我枕在阿爾伯斯山的山頂，
我以太平洋的水充我飲；
我衣袂的飄動就成了煙霧，
朵朵的雲霞是我的腳步。

太陽在我只是一朵花蕾，
月亮是我常用的酒杯；
點點的山峰是我履底的灰塵，
條條的河流是我來往的輪痕。

雷響的時候是我脈在跳，
雨來的時候是我淚在飄；

我吐擲那顆顆明亮的星球
太陽系外面尋我的朋友。

這種多年前的春夢，
已不會在腦中泛濫；
因為我洋火盒般的房間，
再沒有舊日的煙霧彌漫。

一九三三，一，一七。煙台。

這裡

誰說這裡沒有我的朋友，
近處是海，遠處是星球，
斗室裡有舊夢在遨遊，
一枝煙，同一杯難得的酒。

還有那到處都有的陽光，
與白帆點點染暮色的淒蒼；
儘管沒有熟識的腳印在雪上，
但雪色還同去年一樣渺茫！

此外海濱的空間常常有霧
海灘上也還有自己腳步可數；

下山時有天天會我的路
上山時有時時招呼我的樹。

但我仍不想再度那死水般的光陰，
因為我身軀已載不動我沉重的心！
到底天邊哪一顆星斗最光明？
我要到那面去尋我的生命。

一九三三，一，七。煙台。

搗得粉碎

自從一年前你對我攢了一次眉，
我焦黑的臉容立刻變成了白灰；
你我之間原沒有什麼大罪，
但是我們青年的夢幻被搗得粉碎。

當許多人在鬧市中追隨，
你獨在夢幻裡安睡；
為什麼你那時要流那一滴淚，
害得我們都無處依歸。

雲儘管悠悠，你儘管美，
花飛的時候我也不會悲；

但如果你要永遠在夢幻中安睡，
我要把你的夢幻都搗得粉碎。

一九三二，九，六。上海。

望

有時候沉在海底，
有時候眠在山巔，
有時候靠著岩石嘆氣，
有時候在太陽旁邊依戀。

有時候濃了，有時候淡，
有時候聚攏了有時候散，
有時候海水般的泛濫，
有時候沙漠般的黯淡。

儘管它有怎麼樣的變移，
我知道這是完全代表了你，

有你的笑容，你的美麗，
有你沉思默想時的神祕。

我每天望著雲去，望著雲來，
我體會你心中對我還是有愛。
那麼讓我在這裡悄悄期待，
期待有一天這些雲霧會開。

一九三二，一二，六。煙台。

床上

我心靈不安地晃，
眼前也特別渺茫，
腦海裡不停地震蕩，
我腳步不免有點踉蹌。

你把情曲低低地唱，
面頰有玫瑰一樣豔妝，
眼光也不停地跳蕩，
你的腳步也帶著踉蹌。

那時天上有一顆月亮，
地面上也鋪著寒霜，

我倆的腳步這樣踉蹌，
使我的唇放在你的唇上。
從遙遠的遙遠的那裡飛來了雞啼，
我由久久以前那年重回到了床上。

一九三二，一二，九，深夜。煙台。

一件事

我早說死前要做一件事：
我要把我的好運留在世裡，
然而現在我真的要去死，
所以我想帶走了那不好的運氣。

因此我各處奔走，
將我笑容去換哭臉，
我問遍每個人有否哀愁，
我願將他的苦來換我的甜。

但是，我終還要來同你相會，
來探問你心頭有否悲哀，

假如你眼角還有一滴淚，
那我要換給你十斛的愛。

但，就因為你形容特別地縹緲，
所以我到現在還沒有死掉。

一九三二，一二，二二，晨二時一二分。煙台。

傻子

本來我不會寫一個半個字，
我只會在海灘上畫我心事，
自從你把它稱做詩，
我就開始做了大傻子。

也許我這是小孩子，
別人也說我不懂事，
自從你的吻來騙我詩，
我就寫給你我許多心事。

白雲在青天上畫天時，
風在海水上寫情思，

你說你的心也是白紙，
叫我整天為你寫詩。

我說我願意明天開始，
但是我只能寫一句試試，
這樣我開始寫了一個愛字，
從此就永遠做你的傻子。

一九三二，一二，九。煙台。

後悔

起初我為你流乾了眼淚，
後來我為你默默地傷悲，
然而現在，我沒有苦痛悲哀，
只是我心底有一點點不安！

那不為你墓地的青草，
不是為你墓碑的荒老，
也不是為秋蟲在你墓前叫囂，
更不是為野雲在你墓頭逍遙。

那不關我生命為相思消耗，
不關我年來沉默與潦倒，

也不關你美麗的音容縹緲，
更不關你死後的靈魂冥杳。

我後悔那時你還存在，
我會沒有對你表示一點愛，
因為久久以前有一個良宵，
你對我曾經有一絲甜笑。

一九三二，一二，八。煙台。

醒

我告訴你不要膽小，
用你的小手按住了眼睛，
讓我抱你過這條板橋，
過了橋就可以碰見你母親。

你不響，不哭也不笑，
你的小手還摟著我頭頸，
說是我能夠平安地抱你過橋，
你心底不會有一點相信。

剛剛走上了一半小橋，
你用手掩蓋我的眼睛，

還用你嘴唇在我頸邊呵笑，
我不禁抖顫地吃了一驚。

這一驚就將我驚醒，
我還是孤獨地度著良宵，
天河兩岸是牽牛織女星，
誰說有喜鵲為他們築橋？

一九三二，一二，一二。煙台。

小詩

煙與霧像一翼輕紗，
把山與海變成了一幅畫，
於是那濃鬱的樹蔭，
披在我身上像一件袈裟！

一九三二，一一。煙台。

漫遊

像是為一天日光所創傷的天真，
用海的鏡子在照它紫紅的臉，
塗勻那灰黑的船煙與炊煙，
將棕黑的雲霧吐在幽淡的人間！

只有柳絮在樹梢上安眠，
水更是平靜得像一張紙片，
我衣袂將芳草棵棵的舔，
是暮春的氣息在那裡發甜。

沒有一隻昆蟲一個人可以碰見，
沒有一滴水一顆露珠有漪漣，

沒有一粒沙一縷遊絲在翻面，
沒有一瓣搖擺的花與震動的光線。

何日能將世俗的一切，
世俗的衣履拋棄，
伴白雲遊遍那朦朧的，
雲下的點點山巔！

一九三二，一二，一六，夜半。煙台。

江上

濃霧的幕從天直垂到水上，
我的小船正泊在悽迷的江旁。
那時正是天色剛剛破曉，
兩三的船影似乎有人在搖。

水裡有游魚逍遙，
江上飛滿了海鳥，
教堂的灰影印在雲霄，
近處的漁船裡像有雞在叫。

何事使我離人魂銷？
誰家的姑娘憑著江樓遠眺？

你儘管臉上浮著甜笑，
但千萬別把手帕癡搖。

我已禁不住心頭頻跳，
因為過去曾有手對我揮搖！
我實在想把心曲高高地唱，
但濃霧的幕尚掩在水上。

一九三二，一，一。在甬江上。

秋草裡的秋蟲

我是住在秋草裡的秋蟲，
每天忍耐那如剪的秋風，
你不要怪我每天在這裡低唱，
我雖已耐過秋但如何耐得過冬？

我降生的時候春已經過，
沒有看見丁香，只看見荷，
但我夜夜只在牆角墳邊苦唱，
如今已經唱破了心顆。

秋草怪我發癡發瘋，
說我沒有病只是空發牢騷，

如今它已被我唱老，
我還是夜夜蟋蟋蟀蟀的吵。

雖然我心房已唱破好幾個洞，
但還未唱啞我的喉嚨，
終有一天，我唱到不能再唱，
但我心血點點會把那秋草染紅。

一九三二，二，二八。北平。

點滴

正是我旅夢裡驟醒時節，
枕邊的燭光還未絕滅；
外面傳進了一個悽涼的消息，
說是有秋雨在簷前點滴！

我默默地停止了呼吸，
聽外面還像有人在蹀躞？
原來是枝上的殘花已經狼藉，
憑空飛來芬芳的氣息。

誰在我耳邊啜泣？
枕旁像有熱淚數滴？

有一聲慘淡的燭花爆裂，
啊！是那殘燭在那兒嗚咽！

正是我旅夢裡驟醒的時節，
為這些點滴，點滴，
心裡浮起了無限的憂慼，
我頰上也浮起了一點淚滴。

一九三二，二，二八。北平。

受傷

我像一隻受傷的獅王，
躺在那山頂的雲旁，
像鐵汁般的淚湧出我眼眶，
火山石漿般的血沖著我心臟！

因為天際沒有半點月光，
我又貪聽那樹上夜鶯歌唱，
所以走路不免有些踉蹌，
於是就進了那獵人的羅網！

雖然我常常餓得發慌，
但我總時時將陷阱提防；

今天未料到他們躲在樹上，
把那陰毒的暗箭施放！

我是隻奔騰在山上的獅王，
從不讓我眼淚流出我眼眶；
但如今我深深地受了重傷，
火山裡石漿般的血在外淌！

一九三二，三，四。北平。

霧

我是一個人在走那遙遠的路，
我不怕寂寞也不怕孤獨，
我也不理會凶厲的鬼魅欺侮，
也不怕那雲中鴟鴞的夜哭！

我也不怕流血，不怕餓肚，
不怕受累，不怕吃苦，
不怕風的暴，雨的悽楚，
也不理會陰毒的星斗來攔我路途！

我不留戀那地上長春的花草與樹，
我不留戀人群裡生死的咽嗚，

世間的一切都不能將我留住，
萬千的雁群也不能將我攔阻！

然而我怕天使們遍灑迷人的霧，
有芬芳的香氣使我糊塗，
有奇異的顏色迷了我的眼目，
夾著音樂般的聲音塞住我的耳鼓！

於是我忘記了我在走路，
我的腳被纏得不能開步，
我聽憑煙霧帶我到地面，
於是那霧就變成愛情的甘露！

一九三二，三，四。北平。

一躍

雖然我心頭劇烈的痛，
血像火山口般的猛噴；
但我還要在海中泅游，
讓黑黝黝的海水染成通紅？

我要從海裡一躍到天空，
把多事的星球一顆顆吞，
我有岩漿般的血在這兒奔流，
要將白的淒淒的雲霧染成通紅！

我要從海上一躍到天空，
讓我鐵汁般的淚一顆顆飛奔，

任它生命裡的火焰到處焚燒，
把那白淒淒的地球燃成紅塚！

一九三二，三，四。北平。

幼稚的問句

老虎同貓究竟是誰兇誰良？
這當然是個幼稚的思想！
——但是我現在
瘦弱得同老鼠一樣！

花與青草究竟是誰香？
這個問題難道還要思量？
——但是我現在
變成一隻餓肚的羔羊！

誰是光明的體，是眼睛還是太陽？
對這個問題的答案難道還有兩樣？

——但是我
只有你可以給我光亮！

一九三二，一一，二六。煙台。

秋水

秋水已經佈滿了落紅，
我還在荒城裡幻想春夢，
即使所有的落紅在水裡融化，
那麼那香郁的泛濫也過不了冬。

雲掩著所有望得見的山峰，
白光塗去了你翩翩的行蹤，
海角天涯散著無數的白帆，
載去了歡笑，載來了愁容！

一九三二，一〇。北平。

經過

我活像斷頭台上的罪犯，
等那闊刀向我頭上砍，
我閉著眼等這個難關，
當車已經越過了昆山。

儘管淚水在我心中，
我只是緊緊地閉著眼閉著眼，
陽光下有綠的水青的山，
然而我是黑黝黝地在渡難關。

不是熱，不是冷，只是驚顫，
不是寂寞，不是空虛，只是黯淡，

明知是靈巖峰的尖頂在刺我心坎，
然而我還是緊緊地閉著眼閉著眼。

一九三二，八，二六。北平。

島上

每顆星星都為你眼睛抖，
每夜的明月都為我面容瘦，
你可知道此後寂寞的島上，
多了含淚的雙眸，
望穿了海的盡頭，海的盡頭，
日夜地為你消瘦呀消瘦！

儘管我遵守你臨別的言語，
但是我還是無法將你忘去，
自從你贈我的紅花枯謝以後，
我生命之中憑添了一種憂懼。

車上舟中，我曾不安地來回奔走，
我經過你故鄉的城隅，
我住過你居寓的鎮頭，
但為你，我終於流落遙遠的海口！

這是為免我這個不自主的腳步，
來追隨你所常走的路途，
使你稚嫩的心中多一種苦，
使我，是你洗淨的靈魂多一點污。

如今，每顆星星都為你眼睛抖，
每夜的明月都為我面容瘦，
你知道，此後寂寞島上，
多了個南望的頭，
望穿了海的盡頭，海的盡頭，
從此，將為你唱啞了歌喉！

一九三二，一一，一六。煙台。

夜的神祕

就為那明天的別離，
我願意犯這重大的嫌疑，
深夜，我躡手躡腳
偷偷地走到你床邊看你。

你深明我心上沒有半點卑鄙，
但你不願意犯這重大的嫌疑，
所以你說：「去睡去吧！
你看那黑夜是多神祕！」

我相信光明在你我的心地，
我何懼那黑夜的神祕。

但是我赤心地為你，為你，
我終於苦待那天際的晨曦！

一九三二，二，二三。蘇州。

補失句

月色同你面容一樣美好，
河水像我心緒一樣滔滔，
塔影還是天天迎著夕照，
然而我已經被相思弄成顛倒！

第一次來時，我什麼都沒有料到，
第二次來時，我只會誠心地祈禱，
第三次我是七分懺悔三分煩惱，
如今懺悔與祈禱我不知如何是好！

現在我想塔周正長滿秋草，
那麼雪上的腳印當已消耗，

不知你增加了多少風韻多少高，
我頑皮的印象有否在你心頭鬧？

一九三二，一一，二二。煙台。

雲

當花已經飛遍了秋城，
我何處安排我未散的春情？
也無需我來把它一絲絲記清，
早有人說過美麗的髮絲如雲。

別抬頭，樹上正有談情的黃鶯，
別低頭，池裡還有鴛鴦的淡影；
請你平視那遙遠的遙遠的山頂，
但山頂有正像你頭髮般的雲。

一九三二，九，八，半時。北平。

伴相曲

以前，你的形容曾經填滿了
我殘缺的，殘缺的生命。
你眼睛填補了太陽所缺少的光，
你笑容填補了月缺時候的完整，
你舉動填滿了宇宙所缺少的調和，
你花一般的唇齒補全了
我缺了的天地，
你情絲一般的頭髮補全了
我在生命中，在現實裡，
在女子的靈魂上，
奏斷了的情絲，奏斷了的心弦；
使我，當貼在你胸脯
來聽你心跳的時節，

能了解你是把多麼
純潔的情愛在洗
我污濁的身軀，
多麼神祕的在挽回我
在夏的炎熱，秋的蕭殺，
冬的嚴厲裡，
所失去的，所遺漏的，
所誤了的春意；
你每一個手指都在填補
我殘缺的思維與意念，
每一個細胞都在填補
我人格裡，行動上，
所缺少的東西，填足了我常常
殘缺的，遺漏的，枯燥的詩篇；
你贈我在胸上，唇上，
每個細胞的親吻，
填補了，我摔破的
碰裂的磨折的靈魂，

填平了上帝遺留我的
精神上肉體上的粗糙，
挽回了我在顛簸之中
堆積的衰老，衰老！
但現在，你的照相只是填滿了
我殘缺的殘缺的夢境！

一九三二，九，一一。北平。

擾亂

我擾亂過你，擾亂過你，
在和暖的陽光中
我給了你一陣風，一陣雨，
在幽靜的春情裡
我啟示了一陣燕語；
我擾亂過你，擾亂過你，
在你的心頭、眼角、嘴唇的旁邊，
頭上的髮尖，以及你心的深處，
每個細胞的核心，骨髓的裡面；
我擾亂過你，我曾把你，
把你理順了的頭髮打成了同心結，
把你閉時的眼睛吻開開時的吻閉，
把你平勻的桃腮吻起點點的紅斑，

把你平靜的嘴唇吻出了笑的波瀾；
我擾亂過你，我曾把你，
把你的血液與我的調和，
你的細胞與我交換，
在你幽美的心房中，
奏弄我那啞了的心弦，還在
你耳葉的旁邊，吐我帶淚的殘喘。

然而如今你在擾亂我，擾亂我，
在那任何水滴
都要變成冰的嚴冬，
你對我任意地灑著綿綿春雨，
啟示我一陣陣喃喃的燕語；
你在擾亂我，擾亂我，
在我酣睡時，你從相框裡跳出來，
到我的身旁，
把我的心當做你琴，
把我的嘴唇當做你簫，

把我的頭髮豎起，當做箜篌，
由你奏那各種的希奇的曲調；
你在擾亂我，擾亂我，
你噪醒了我，又回到鏡框，
放出那蜂一般的帶蜜帶刺的吻，
刺我的腦，刺我的嘴唇，
刺我的心臟，
刺我的絲絲神經的末梢，
叫我顛倒，叫我痛苦，叫我瘋狂；
你在擾亂我，擾亂我，
到了我瘋狂的時候，
你又從鏡框裡出來，
用你帶電的手指撫我的頭，
撫我的面頰，撫我的胸口，
撫我點點的細胞，根根的汗毛，
以及絲絲神經的末梢，
使我像馴羊一般的枕在你的腿上，
聽你玄妙的歌喉，

聽你一聲聲從胸口
泛濫出的神祕的奇奏！

一九三二。北平。

尋（二）

秋揮著風的筆蘸飽了落葉殘紅，
一片片在地上，田裡，岸旁，
以及冷笑著的湖面，
抒寫他美麗的悲悽的，
寂寞的詩篇。
像懷抱著嬰孩
散著頭髮的棄婦，在岸邊
佇立著，要尋覓死路的楊柳
正受著風的鞭打，
發著悲涼的聲音在哭
它餓的痛，寒的痛，
以及對生的留戀，對死的恐怖，
同對那懷抱裡嬰孩血的循環，

呼吸的熱氣，小手的撫弄的
一種捨不下，離不開，
拋不下情感的激動！
這時候，早已沒有半張
半梗的殘荷在湖裡睡，
月光吻著那像孩提
入睡時呼吸般的靜水，
東邊塔影，西方的山峰，
把宇宙點綴了，
點綴得像是只滿盛毒酒的苦杯，
我忍心地聽瓣瓣的
落葉在我腳下破碎，
更忍心的是聽我心弦
狂顫中所發出來的傷悲……，
盡頭是一叢抖顫著
嘆息著的蘆葦，
一陣陣吐它呵氣般灰色的光輝。
我已經尋遍了岸上

同湖周圍無數的墳堆，
但是終於沒有找到你遺留
在世上的唯一的石碑。

一九三二，一〇，六。陶然亭邊尋蔡君墳墓。

忘掉

不，我再不願
我們能互相了解，原諒。
那過去的種種，
五年的春夢裡所度的，
數不清的波折、
悲哀、歡樂、惆悵，
以及淚的纏綿，歌的嘹亮，
同各種別時的苦況，
會時的甜笑，結合時的溫存，
分離時的殘忍無情，
我們應當互相地
像少年時不理會掉一根髮，
流一滴血一樣的把它完全忘掉。

好！我現在要離開
我們同住的地方，
同居的房，同走過的街上
同散步的湖塘，
以及那槐花樹下的太陽，
丁香叢邊的月光，
所有同讀過的書，同照過的鏡子，
以及同用過的種種，
我要把它們搗毀，燒成死灰，
讓這些灰在這空房裡，
隨這殘留的春夢去飛！
數千封的書信，
字字的血痕，句句的淚。
同那裡面所包含的
無限的希望，失望，
無限的歡樂，無限的傷悲，
我已經咬緊牙齒，要把它們
都隨那萬張的紙片扯得粉碎粉碎，

趁花正落的時候，
同付於那長逝的流水！
好！我現在要離開
我們同居的地方，
像一朵雲要離開這一小塊的天上，
再不留戀那背後一切的光芒——
星兒的閃耀，月的微笑，
太陽的暖光；
再也不染帶一切的印象，
即使是一粒微小的灰，
也不使它滯留在我的靈魂裡，
心頭上，
每根毛髮的尖頭，
以及我披掛著的衣裳！
我要悄悄地，
悄悄地離開這塊地方，
把那空氣的寒暖，風的大小，
雨水的多寡，

以及塔頂上的太陽，
月兒的旋轉，搖晃，
同那留有我們槳聲，我們人影，
我們的刀光的春水，冬冰，
還有那樹林下我倆的腳印，
以及那黃鶯
學唱的你我的歌吟，
我要完全把它們遺忘，
忘掉得乾乾淨淨；
當落葉像萬千小舟
擾亂了秋水，
我再不會在那含有
舊情的水上流我新淚：
當秋風揮舞慘白的蘆葦，
我也不再在我們同登的城頭興悲；
我已經默默地向他們道了：
「再會，再會！」
讓過去的種種，

五年春夢裡所度的
數不清的歡樂，悲哀，惆悵，
以及淚的纏綿，歌的嘹亮，
同各種別時的苦況，會時的甜笑，
結合時的溫存，
分離時的殘忍無情。
我們應當互相地，
像少年時不理會掉一根髮，
流一滴血一樣的，把它完全忘掉！
不，我再不希望
我們能互相了解原諒。

一九三二，一〇，六。北平。

甲板上

當我傾聽潮水的低吼，
我不敢遙望那海的盡頭；
但自從盡頭處有月如鈎，
就鈎住了我無依的雙眸。

我再不敢在甲板上漫走，
因為我心海裡正載著哀愁，
這並不是為我要望海的盡頭，
只為那認識的眼睛都掛在月鈎。

一九三二，一一，一五。通州輪上。

抖

平常得像野雲與流水印成一塊，
像是年年的雪同寒梅凝在一堆，
我們匆匆的分別，
又匆匆的相會，
沒有人意識到，注意到，關念到，
你同我也沒有說一句告別的話，
也沒有在重會時候
驚喜地默默相對。
我像一支久燃的燭，
（說起來有點慚愧。）
在沙漠中抱那永溫的心，
長流那殘年的淚，
來等待你，像

清風般的來同我相會。
你會吹滅我燒倦了的光，
吹散我心灰，
叫它們飛散，
飛到天際地野，永不相聚；
於是你，你會吹乾我淚，
吹散我悲，
使我平靜得像雲散雪消般的安睡！
然而，不，一切都不是這樣！
這，因為，因為，
你固然是風一般的同我相會，
但是你永遠輕輕地
在我心頭，
在我含淚的眼角低吹，
使我永溫的心，
燃倦了的光頻頻地抖，
那種幾乎滅了
而又怎麼樣都不滅地抖！

使我從靈魂的深處泛濫出
像臨死的老翁，
在最後一瞬間與一生下就分離的
親子相會時，
在沒有話可以說，而又有無窮的
話要說時所產生的一種情緒，
抖出一句平庸的，興奮的，
感傷的話兒：
——「你還認識我否？」
儘管平庸，也幸虧說了，
否則這句話也將帶進了墓頭！
不過，這時候，
天地啟示了一個徵候，
你在羞笑的態度下回眸，
於是，你珠一般的齒
填補了天地的缺口，
百合花般的笑容葬埋了一切哀愁！
「認識你……」

是的，以後，永遠的以後，
我永溫的心，燃倦了的光
將常為你頻頻地抖，
終有一天，
會抖到熄滅的時候！
而現在這偏是不滅
而又滅一般的抖！
我只見你風一般回眸，
風一般的笑，
又到別離的時候，
於是這次匆匆的相會，
沒有人意識到，注意到，關念到。
我們倆也沒有道別的握手！
平常得像是雪消，花謝，燕子飛，
像露從荷葉裡滑到地上碎。
何時，從這匆匆的
別離，再匆匆相會？

一九三二，九，七。北平。

徐訏文集・新詩卷1　PG2681

借火集

作　　者	徐　訏
責任編輯	陳彥儒
圖文排版	陳彥妏
封面設計	王嵩賀

出版策劃	釀出版
製作發行	秀威資訊科技股份有限公司 114 台北市內湖區瑞光路76巷65號1樓 電話：+886-2-2796-3638　傳真：+886-2-2796-1377 服務信箱：service@showwe.com.tw http://www.showwe.com.tw
郵政劃撥	19563868　戶名：秀威資訊科技股份有限公司
展售門市	國家書店【松江門市】 104 台北市中山區松江路209號1樓 電話：+886-2-2518-0207　傳真：+886-2-2518-0778
網路訂購	秀威網路書店：https://store.showwe.tw 國家網路書店：https://www.govbooks.com.tw
法律顧問	毛國樑　律師
總 經 銷	聯合發行股份有限公司 231新北市新店區寶橋路235巷6弄6號4F 電話：+886-2-2917-8022　傳真：+886-2-2915-6275

出版日期	2021年12月　BOD一版
定　　價	380元

讀者回函卡

國家圖書館出版品預行編目

借火集/徐訏著. -- 一版. -- 臺北市：釀出版,
2021.12
面；　公分. -- (徐訏文集. 新詩卷；1)
BOD版
ISBN 978-986-445-556-0(平裝)

851.487　　110017855